Familie Goldstein

AF215048

Familie Goldstein

Baran Eisenson

Bibliografische Information der Deutschen Nationalbibliothek: Die Deutsche Nationalbibliothek
verzeichnet diese Publikation in der Deutschen
Nationalbibliografie; detaillierte bibliografische
Daten sind im Internet über dnb.dnb.de abrufbar.

Impressum
© 2017
Herstellung und Verlag:
BoD – Books on Demand, Norderstedt.

ISBN: 9783744872232

KAPITEL 1 BLACKSTONE

Ein langer Weg, geschmückt mit Bäumen an den Seiten, führt zu einem großen Tor, welches sich wöchentlich nur einmal öffnet, und zwar nur dann, wenn Herr Goldstein sonntags Zuhause eintrifft. Die Familie Goldstein gehört zum Hochadel. Natürlich wird in einer Kleinstadt viel gemunkelt und das nur einmalige Öffnen des Tores macht einen Grund mehr aus sich den Kopf darüber zu zerreißen, was wohl hinter dieser Fassade eines Geschäftsmannes mit Familie steckt. Es werden zum Beispiel Theorien entwickelt, der Vater sei in verschiedenen Ehen und das dieses Grundstück nur eines von vielen sei. Das Herr Goldstein Gründer einer Macht ergreifenden Zentralbank ist, wissen die Anwohner durch die Reinigungskraft, die vor Jahren mal als Aushilfe in dem Anwesen tätig war. Mehr wusste man nicht, da sie schnell wieder aus der Stadt zog, man kannte Sie aber auch nicht wirklich in der Gemeinde. Sie lebte alleine und man sah sie nur alle paar Wochen zwei Gläser Wein im Steven's Pub trinken, von hier aus auch diese Information stammte. Der Rest wird verschwiegen oder abgezäunt damit es undurchsichtig bleibt.

"Das die Reichen immer so ein Geheimnis um sich machen ist doch provokant!", hört man immer wieder in der Stadt. Einige vereinigten sich sogar schon, um das Geheimnis der Familie Goldstein zu enthüllen, vergebens. Leichter ist es die Königin von England zu durchleuchten. Es sollte also nicht sein, das Informationen herauskommen über die Lebensweise dieser Familie. Das Gesicht von dem Hausherrn wurde nur einmal gesichtet und das auch nur, weil das Hinterfenster seiner viertürigen Limousine beim Durchfahren der Kleinstadt geöffnet war. Ansonsten sah man immer nur das Auto. Die Anwohner wissen nicht mal wann dieses Grundstück erbaut oder verkauft wurde. Fragen an den Bürgermeister werden stets abgewiesen.

Blackstone ist eine friedliche Kleinstadt, welche eigentlich als Landstadt bezeichnet werden sollte, man aber sehr stolz auf die Geschichte der Bewohner ist da sie seit weit über vierhundert Jahren nun schon existiert und sie eine Bevölkerungsanzahl von über zweitausendfünfhundert Menschen erreicht hat. Eine Gemeinschaft die man mit den Amish-People vergleichen kann. Eine Kommunikation nach draußen geschieht nicht. Kontakte, Freunde und Familie geht man direkt besuchen oder man schreibt einen Brief, der immer am nächsten Tag ankommt. Das Gemeinschaftssystem hat sich in den letzten Jahrzehnten großartig in Blackstone entwickelt, auch wenn sie meilenweit von der modernen Entwicklung entfernt ist. Sie leben ein friedlicheres und grenzenloseres leben als man es in der Moderne durch Medien eingetrichtert bekommt. Fernsehen oder sonstige Unsinnigkeiten sind ein Tabu-Thema. Lieber sitzt man den schönen langen freien Tag am See, grillt und genießt den Sonnabend mit Familie und Freunden. Treffen sich Anwohner von verschiedenen Familien, werden diese begrüßt und eingeladen zum Mahl. Die kulturelle Geschichte dieser Stadt, in der jeder jeden kennt und man Liebe und Wut zusammen durchlebte und die Liebe immer wieder gewann, ist eine Geschichte für sich. Die Familie Goldstein lebt in dieser hoch interessanten Kleinstadt, jedoch in einer Parallelwelt. Hinter dem großen Tor.

KAPITEL 2 FAMILIE GOLD-STEIN

"... und wie immer prägen wir uns ein: Habe nichts, kontrolliere alles!", fügt Herr Bernstein, der Wirtschafts-/Philosophieunterricht Lehrer, nach einem einstündigen Vortrag über die Geschichte der Vorfahren Goldsteins hinzu, packt routinemäßig sein großes rotes Buch in die Tasche und verlässt mit einem zielgerechten Blick das Lehrzimmer.

"15 Uhr... jetzt kurz ins Zimmer und Sportsachen packen...", denkt sich Ephraim. Im Zimmer angekommen wühlt er im Schrank herum und wird allmählich hysterisch.

"Esther!!! Wie dumm muss man sein, das man nicht um eine vorgegebene Uhrzeit ein Outfit aufs Bett legen kann!", ertönt eine laute Stimme aus Ephraims Zimmer.

"Es tut mir leid, bitte vergibt mir, es kommt nicht wieder vor...", spricht Esther mit einer leicht schüchternen Stimme.

"Scheren Sie sich raus!", schreit Ephraim, knallt die Tür zu und greift zum Haustelefon, "Shana bring mir sofort meine Sportbekleidung!"

Ephraim ist der Sohn Goldsteins und zwei Jahre jünger als Tochter Sara. Sara, 14 Jahre alt, leidenschaftliche Malerin, ist komplett anders gepolt als ihr Bruder. Sie versucht immer gut drauf zu sein, verdrängt das Böse und ihre Probleme durch eine positive Lebenseinstellung und fängt den Tag immer mit einem Lächeln an. Ephraim jedoch ist eine eins zu eins Kopie von seinem Vater. Stur, herrschsüchtig, arrogant, bösartig, ein total verdrehtes Individuum. Im Anwesen der Familie Goldstein haben die Arbeitskräfte schon Spitznamen für die beiden erfunden. *Das Psycho-Duo - Die zwei Hörner*.

Sara entwickelt sich, obwohl sie täglicher Beeinflussung der verschiedenen Lehrer ausgesetzt ist, die nicht gerade das Gute in einem lehren, zu einer vernünftig liebevollen Person. Selbst bei den Shakar Treffen des Vaters alle 3 Monate, verhält sie sich außergewöhnlich locker und verständlich. Bei diesen Treffen ist ihre Rolle das Augenmerk der Gäste zu sein.

"Mutter, meine Ranuncel sind aufgeblüht, welch wundervoller Anblick uns die Natur doch nur beschert!", trällert Sara mit ihren glänzenden Augen voller Freude zu ihrer Mutter.

"Wie weit bist du mit deinen Aufgaben, hast du für deinen Bruder schon die gewünschten Ordner angefertigt, steh nicht herum, mach was!", spricht Mutter Rinah voller Desinteresse und geht wieder zurück ins Anwesen. Sara gehorcht und flitzt in ihr Zimmer, wo sie sich ihren Hausarbeiten widmet.

"Schneller Ephraim, schneller!", schreit der Sportlehrer Herr Schwarz während er abwechselnd auf seine Stoppuhr und Ephraim schaut.

"Ah, zwei Sekunden langsamer als gestern, eine Minute hinsetzten dann weiter zu den Turngeräten. Ephraim hat Sportunterricht. Eins seiner Lieblingsfächer da er hier seine ganze aggressionsgeladene Persönlichkeit entladen kann. Am Ende des Unterrichts betont Herr Schwarz wie jedes Mal, "Problem-Reaktion-Lösung!", und packt seine Sachen. Er hat nun den Rest des Tages für sich. Die Zeit nutzt er meistens um in der hauseigenen Bibliothek weiter zu recherchieren.

Auf dem Weg zum Keller, wo sich die Bibliothek befindet, ertönt aus dem ersten Stock die Stimme der Mutter:

"Ephraim, dein Vater hat angerufen, du sollst umgehend ins Arbeitszimmer und aus der zweiten Schublade des Arbeitstisches zwei Unterlagen herausholen. Sie sind zusammengeheftet mit einer grünen Klammer, schick sie ihm per Fax an sein Büro in Europa!"

Wie aus Reflex kehrt er schon auf der halben Treppe um als er das Wort *Vater* hört.

"Ins Arbeitszimmer... da durfte ich noch nie rein...", denkt er sich und begibt sich auf den Weg in die dritte Etage. Salomons eigene Etage. Wohl angemerkt, die Familie Goldstein ist die einzige Familie der Stadt mit einem Netzanschluss.

Im Arbeitszimmer angekommen, welches ein riesiger Raum ist, vergleichbar mit einem Tanzsaal, geht Ephraim in Richtung Arbeitstisch des Vaters. Auf dem Tisch liegt ein goldener Stift, verziert mit einem Dreieck.

"Den muss ich haben!", Ephraim nimmt den Stift und stolziert damit eine Weile herum. Schauspielerei ist einer seiner Lieblingsbeschäftigungen.

"Sie wollen den Vertrag unterschrieben haben? Gehen Sie auf die Knie und betteln sie mich an!", spricht er mit seinem fiktiven Schauspielpartner.

"Sie sollen auf die Knie gehen und mich anbetteln!", mit einem Schwung zieht er seine Fiktion zu Boden, "... und nun küssen Sie meine Füße!", mit einem Bein nach vorne gestreckt und erhobenen Kopfes lässt sich Ephraim von seiner Fiktion die Füße küssen.

"... und nun verbeugen Sie sich! Sie sollen sich verbeugen habe ich gesagt!", Ephraim schlägt mit der flachen Hand wie wild auf seine Fiktion ein. Als die Fiktion in seinen Augen zu Boden fällt, zögert er nicht lange und tritt noch ein paar Mal drauf. Nach einer paar minütigen Show, die er sich selbst liefert, fällt ihm wieder ein, "...die Unterlagen!"

Er setzt sich auf den wirklich bequemen Sessel, ein Arbeitsstuhl kann man dazu schon nicht mehr sagen.

"Nun, zweite Schublade, zwei Unterlagen zusammengeheftet mit einer grünen Klammer...", spricht er vor sich hin und öffnet dann die zweite Schublade. Was sich darin befindet, schockt ihn für einen Moment. Er bewegt sich langsam zurück und starrt in die Schublade.

KAPITEL 3 DIE GESCHWISTER

Sara sitzt in ihrer Schaukel. Ephraim kommt vom Wirtschafts-/Philosophieunterricht, kurz WPU. Auf dem Weg zum Sportunterricht sieht er seine Schwester.

"Hey Sara warum so traurig, hast du etwa wieder deine Puppe verloren?", lacht Ephraim vor sich hin und geht weiter. Sara antwortet nicht und schaut weiterhin traurig auf den Boden, leicht umher wippend in ihrer Schaukel.

"Ich kann einfach nicht mehr weiter, warum sind alle so, warum versteht mich keiner, warum hört mir keiner zu oder umarmt mich mal. Nichts kommt von diesem Irrenhaus hier...", spricht Sie in Gedanken.

"Ich könnte mich umbringen und keinen würde es interessieren... außer vielleicht Onkel Shlom, aber der kommt ja sowieso immer nur alle drei Monate zu diesem Shakar Fest... ich mag es, wenn er mich anlächelt oder mit mir redet..."

Von der einen Sekunde auf der anderen springt sie auf und läuft über den großen Garten mit einem Lächeln auf dem Mund, als hätte Sie Geburtstag. Ein Mädchen, das aus den Umständen heraus so geworden ist, wie Sie nun mal ist. Trotzdem immer noch anders gepolt als die restlichen Mitglieder der

Familie Goldstein, auch wenn sie ihre unterdrückten Emotionen manchmal nicht unter Kontrolle hat. Sara hat einen anderen Stundenplan als Ephraim. Montag, Mittwoch und Freitag sind ihre Unterrichtstage und das nur Kunst und Mathematik/Physik/Chemie, welches in einem Fach gelehrt wird, kurz MPC. Ephraim hingegen, hat täglich in der Woche etwas zu tun, neben WPU und Sport, hat er noch zwei andere außergewöhnliche Fächer an denen er teilnehmen muss. Einmal die sogenannte *Realitätslehre*, in dem er das Wissen aus mehreren hunderten von Jahren der Familie lernt und einmal ein Fach namens *Werkzeuge*, welches spirituelles Hochwissen überliefert, beide Fächer hat er nur freitags. Nebenbei angemerkt, hat er schon weitaus über 50 Bücher gelesen, darunter größtenteils Werke aus der Familie zu einem Thema genannt *Neue Ordnung*.

Beide Kinder Goldsteins haben beeindruckende Einzigartigkeiten, Sara die schon mit unter einem Jahr kleine Sätze reden konnte und Ephraim der sich im frühsten Alter mehr mit Psychologie auskannte als ein Student im 2. Semester. Der Grund für diese hochentwickelten Kinder nennt sich *Imur*, ein Verfahren entwickelt von Amschel Goldstein über eine präzise durchdachte Fortpflanzungsmethode. Soviel nur wurde bis jetzt den Kindern erzählt. Doch bald ist ja die Bar Mizwa von

Ephraim. Jeder Junge der Familie Goldstein und zwei anderen Familien bekommen mit dreizehn Jahren das komplette Wissen, heißt, Zugang zu unterdrückten/beschlagnahmten Büchern, Originale von Fälschungen tausender Bücher die sich die drei Dynastien über die Jahrhunderte angeeignet haben.

Mehrere Raubzüge auf ausgewählte Bibliotheken, Glaubenshäuser oder sonstige Einrichtungen die großes Wissen literarisch festgehalten haben und das Weltweit. Zudem erfolgt eine *Eingliederung*.

Bei Mädchen heißt es Bat Mizwa, welche mit zwölf Jahren veranstaltet wird und sie bekommen statt der Wissensübergabe eine Woche Geschenke.

"Wo sind meine vorgefertigten Mappen?", fragt Ephraim, der gerade aus dem Sportunterricht kommt.

"Sie liegen schon auf deinem Tisch, Bruder.", antwortet Sara fröhlich.

Ephraim wird hysterisch und fängt an lauter zu werden, "Verdammt nochmal immer dasselbe mit dir, das nächste Mal will ich etwas an dem gleichen Tag erhalten sowie der Auftrag bei dir eingegangen ist!"

"Aber du brauchst die Mappen doch erst für den Unterricht nach der Bar Mitzwa...", fängt Sara an zu stottern.

"... sonst hätte ich sie doch schon längst für dich fertiggestellt, du brauchst sie doch erst in einem Monat, sei mir bitte nicht sauer."

"Ach!", winkt Ephraim hinter sich her, während er sich wütend Richtung Anwesen begibt.

"Ich will das nicht, ich will das nicht, warum nur, warum nur...", schweift Sara in Gedanken herum, "... warum liebt er mich nicht, warum macht er mich seelisch fertig, warum nur, warum nur, warum nur, ich kann nicht mehr, am liebsten würde ich mich umbringen, es würde sowieso niemanden interessieren, alle hassen mich, außer Onkel Shlom... oh Onkel Shlom du liebst mich... mit dir kann ich lachen und du hörst mir immer zu... ich liebe dich... warum kann er nicht öfters hier sein... er ist aber bei der Bar Mitzwa von Ephraim wieder hier! Ja, stimmt! Ich werde ihn wieder sehen, ich freue mich schon so!"

Sie wird wieder glücklicher und geht in ihren Garten um sich zu beschäftigen, denn ihn pflegt und hegt sie nur wenn sie fröhlich ist.

KAPITEL 4 DIE ANKUNFT

Es ist Samstag. Rinah telefoniert mit ihrem Mann.

"Salomon, du kommst morgen früher nach Hause, David wollte mit uns beiden reden, es geht um Ephraim.", David ist Ephraims WPU Lehrer Bernstein.

"Okay Frau. Sag ihm um fünfzehn Uhr bin ich Zuhause und ich will morgen ein Steak vom Holzgrill."

"Klar ich gebe Dov Bescheid. Bis Morgen Schatz.", antwortet Rinah und legt den Hörer auf. Dov ist der Hauseigene Koch.

"Freust du dich schon auf deine Bar Mitzwa?", fragt Sara ihren Bruder während sie in der Bibliothek zusammen autodidaktisch studieren.

"Aber natürlich, ich frage mich nur was diese andere Sache ist, diese *Eingliederung* die mir gegeben wird und da du es mir sowieso nicht sagen wirst, werde ich dir auch kein Stück von dem Wissen geben welches ich bekomme.", grinst Ephraim beim sturen durchblättern seines Buches.

"Aber Bruder ich weiß es doch selber nicht! Deine Informationen darfst du mir doch sowieso nicht geben!", versucht sie ihm zu erklären, "Können wir nun weitermachen, und zwar mit der amperometrischen Methode? Damit wollten wir heute eigentlich anfangen und nicht mit Mathematik."

"Ja, doch, können wir machen...", bestätigt Ephraim und holt die entsprechenden Lektüren.

Mahlzeiten werden bei der Familie immer gemeinsam gegessen. Ohne die Angestellten des Hauses.

"Ephraim. Dein Vater, Herr Bernstein und ich müssen morgen mit dir reden.", sagt Mutter Rinah und schaut dabei Sara an.

"Und du, wirst du wohl aufhören mit dem Geklimper auf dem Teller."

"Aber Mutter, wie soll ich denn bitte lautlos essen?", antwortet Sara bedrückt.

Rinah ballt ihre Faust, "Mach es einfach, Fräulein!"

Am nächsten Morgen werden wie jeden Sonntag die Vorbereitungen für die Ankunft Goldsteins getroffen. Die Mitarbeiter achten auf Perfektion an allen Ecken und Kanten des Grundstücks. Kein Blatt darf im Pool liegen, keins auf dem Weg vom Tor bis zum Haus, kein Fleck auf einer der Dienstkleidungen usw., die Liste hat etliche Kleinigkeiten die durchgearbeitet werden müssen.

David Bernstein trifft ein. Gerade noch pünktlich, Rinah ruft schon die Kinder nach draußen. Die Ankunft naht. Erkennbar durch die Klingel in der Küche, die läutet, sobald das Tor sich öffnet. Der Chauffeur steigt aus und öffnet die Hintertür der Limousine.

Ein älterer Herr im schwarzen Anzug, roter Krawatte, einem Gold-Ehering, einer Diamantuhr kostbarer als so manche Häuser, feiner Hose und schwarzen Schuhen steigt aus. Mit seinen dreiundsiebzig Jahren sieht er immer noch jünger aus als so manch fünfzig jähriger.

Es ist Salomon Goldstein, Gründer der westlichen Zentralbank. Unmenschliche, unermessliche Kontrolle und Macht über Milliarden von Menschen beschreibt sein Dasein am besten. Nicht zu vergessen die hunderten von Banken, welche alle der großen Zentralbank unterworfen sind. Mehrere hundert Konzerne, die er unter seine Fittiche genommen hat, mittels Finanzcrash und anschließendem Aufkaufen und Einsetzen von engen Freunden oder Bekannten als Vorstand. Zwei Gruppierungen, welche jeweils 300 und 30 Mitglieder aus führenden Branchen beinhaltet hat er ebenfalls gegründet. Mitglieder sind die der Wirtschaft, Medien, Wissenschaft, Politik, des Militärs, der Hochschulen und des Adels. Ziel dieser Gruppen ist es, die *Elitären* zusammenzuführen, sie zu sozialisieren. Fünf Auserwählte von ihm sind dazu spezialisiert, künftige Menschen zu suchen die es würdig sind den *Plan* zu wissen. Den Plan zur "Neuen Ordnung". Die totale Unterwerfung und Kontrolle eines Individuums in allen möglichen Aspekten des Lebens. Der Plan ist zu knapp 60% fertig gestellt. Fast alle Länder sind unter eigener oder Puppenstaat Kontrolle. Bei den eigenen Ländern ist der Unterschied zu dem Rest erkennbar. Lügen in den Medien die nur aus dem Interesse der Finanzelite handeln und der Landeseigenen Geheimdienste, welche natürlich Finanzierungen von Goldstein und Co. beziehen. Dies hält auch nur an durch systematische Manipulation damit die Menschen von den Tatsachen abgelenkt werden und somit durchgehend für Ruhe gesorgt wird. Der Fokus soll auf Banalitäten gerichtet werden.

Diejenigen die das ganze entlarven, werden als Verrückte hingestellt. Oder ganz lustig, als "Verschwörungstheoretiker", welches ironischerweise ein durch Geheimdienste geprägter Kampfbegriff ist um ganz einfach die Wahrheit zu diffamieren. Wer sonst hätte einen Nutzen solch ein Wort zu benutzen.

"Die Lüge ist die Wahrheit." - Salomon Goldstein
Diese Weisheit wurde den Kindern schon im frühen Alter gelehrt, als sie durch den Unterricht in die Außenwelt blicken konnten, da ein Fernseher im ganzen Anwesen nicht vorhanden ist.

"Seit gegrüßt Familie, ich erwarte euch in zehn Minuten am Esstisch!", spricht Salomon mit seinem lauten Sprechorgan und begibt sich sofort um das Anwesen herum zum hinteren Garten.

16

"Ihr habt euren Vater gehört, bereitet euch im Badezimmer vor.", befiehlt die Mutter den Kindern und begibt sich anschließend zu ihren Mann in den Garten. Beim Hineingehen, fragt Sara, "Was glaubst du machen sie nun im Garten?"

"Hmm, ich weiß es nicht genau ich glaube sie reden zusammen, ich habe gestern mitbekommen wie Mutter mit Vater telefoniert hat und sie ihn früher hergebeten hat, um irgendetwas mit Herr Bernstein zu besprechen aber ich weiß leider nicht was."

"Sollen wir mal hinten aus dem Fenster schauen?", fragt Sara und zeigt in Richtung Küche.

"Ja sollten wir. Aber sei leise, sie dürfen uns nicht erwischen! Du weißt ja wie sie dabei reagieren!", beschließt Ephraim und nimmt Sara an die Hand. In der Küche angekommen spricht Ephraim:

"Esther, bringen Sie mir bitte meine Kette, ich will sie beim Essen mit Vater tragen."

"Wie ihr es wünscht.", antwortet Esther und geht aus der Küche.

Ephraim geht zum Fenster und zieht seine Schwester mit, "So, jetzt ist die schon mal weg...", er öffnet die Gardinen ein wenig, gerade noch so, dass Sie aus dem Fenster blicken können. Die Eltern befinden sich im Garten und öffnen eine Art Tür, die im Boden der Graslandschaft montiert ist. Die beiden Kinder haben diese Tür noch nie gesehen.

17

KAPITEL 5 FAMILIENTAG

Das Essen verläuft wie jedes Mal. Kommunikation ist ausgeschlossen außer den zwei standardisierten Fragen vom Vater.

"Wie lief der Unterricht? Habt ihr gut gelernt für heute Abend?", fragt Salomon in die Runde und steckt sich ein Stück Steak in den Mund. Jeden Sonntagabend testet Salomon die Kinder in einem jeweils viertelstündigen Test, angefertigt von den Lehrern. "Ja Vater.", antworten beide.

Nur diesmal wird zum Ende des Mahls noch vom Vater hinzugefügt, "Ephraim, nach dem Test müssen wir zusammen mit deiner Mutter und Herr Bernstein reden."

"Was habe ich angestellt?", fragt Ephraim und schaut mit einem verwirrenden Blick den Vater an.

"Ich wiederhole mich nicht zweimal.", antwortet Salomon, während er auf seinen Teller schaut und seine Ansage mit einem Schluck Wasser beendet. Ephraim antwortet nicht mehr und isst weiter. Am Abend war wie immer Sara als Erstes dran mit dem Test. Wie immer besteht sie diesen reibungslos und Vater ist stolz auf sie, "Gut, aber nächstes Mal mehr Konzentration!"

Ephraim ist als Nächstes dran. Sara darf sich in ihr Zimmer verabschieden und sie gibt ihrem Vater noch einen Kuss zum Abschied, da er morgen früh wieder abreist.

"Start!", ruft Salomon zu seinem Sohn, der seinen Test schon beim Hinsetzen vor sich liegen hat. Auch er schließt den Test natürlich mit Bravur ab, "Gut, aber nächstes Mal mehr Konzentration!", merkt der Vater wie jede Woche an, egal wie gut sie den Test absolviert haben.

"Nun Ephraim, geh ins Wohnzimmer, wir kommen in fünf Minuten zu dir. Herr Bernstein hat nach dem Essen mit mir und deiner Mutter geredet. Er hat etwas bei dir entdeckt."

Bernstein musste sich nach dem Gespräch schon verabschieden und kann nicht dabei sein. Ephraim setzt sich ins Wohnzimmer des ersten Stockes und wartet ungeduldig auf seine Eltern.

"Was hat er denn entdeckt? Ich habe doch nichts angestellt!", denkt er sich.

"Rinah setz dich ich komme sofort.", spricht Salomon und stupst seine Frau ein wenig an. Die Mutter kommt herein und setzt sich auf einen Sessel vor Ephraim.

"Du weißt was du angestellt hast.", sagt sie mit einer selbstverständlichen Tonlage.

"Nein, ich habe nichts angestellt! Ich weiß nicht was Herr Bernstein meint!", sagt Ephraim und wird dabei leicht stimmig.

Die Mutter steht auf und presst den Kopf von Ephraim gegen den Sofa und fängt an mit zusammengepressten Zähnen auf Ephraim einzureden, "Wag es dich noch einmal mir oder deinem Vater zu wiedersprechen! Dann gibt es ein Jahr Hausarrest!"

Dann wäre der sowieso schon seltene Außenkontakt zur Welt noch eingeschränkter. Die Mutter lehnt sich wieder zurück in ihren Sessel und im gleichen Augenblick erscheint auch schon Salomon. Er setzt sich neben seine Frau auf die Kante des Sessels.

"Du weißt also nicht worum es geht.", sagt er und schaut dabei aus dem Fenster hinter Ephraim. "Keine Einhaltung der unumgänglichen Vorschriften, wie wäre es damit?", spricht er weiter und wirft einen kurzen Blick zum Ende des Satzes hin zu Ephraim.

"Herr Bernstein hat den Stift deines Vaters in deinem Schreib-Etui gesehen.", erklärt die Mutter präziser.

"Ich hab ihn wieder zurückgelegt, das war doch nur für den einen Tag, ich fand den Stift schön, daran ist doch nichts schlimm?", fragt er und schaut dabei beide Elternteile abwechselnd an.

"Da haben wir es, zwei aufeinanderfolgende Vergehen bezüglich meines Auftrages an dich, mir nur meine Unterlagen herüber zu schicken.", beklagt Salomon und fährt seine Ansage weiter fort, "Misslungene Aufträge werden bestraft. Du hast bald deine Bar Mitzwa, aber so wie du dich verhältst, hast du noch rein gar nichts von all dem gelernten verstanden, bezüglich Einhaltung strikter Pläne. Da du nicht nur den Stift entwendet hast, sondern auch noch doppelt mein Arbeitszimmer betreten hast, wirst du auch doppelt bestraft.", beendet Salomon seine Ansprache.

"Was hast du dazu zu sagen?", fragt Rinah. Ephraim ist unentschlossen und nickt nur vor sich hin."

Die Strafe bekommst du nicht sofort, du erhältst sie im Laufe der Woche. Geh in dein Zimmer, es ist Schlafenszeit."

Ephraim steht auf und geht die Treppe hoch. Auf dem Weg ins Zimmer, hält Sara ihm am Arm fest und fragt was passiert ist, "Ich habe etwas Dumpfes gehört was war das?"

"Nichts Besonderes... Sie wollten mit mir wegen Vaters Stift reden, ich hatte ihn entnommen und wieder zurückgelegt obwohl ich das nicht durfte jetzt werde ich doppelt bestraft... Sie sagten mir aber noch nicht wie meine Strafe aussehen wird."

"Meinst du es ist etwas Schlimmes?", fragt Sara.

"Vater schaute mich dieses Mal sehr böse an... er verschwand auch sehr aufgebracht nachdem er mir die Leviten gelesen hat...", spricht Ephraim und versucht sich nicht aufzuregen. Erkennbar an seiner Art, Aggressionen abzubauen. Er wippt mit seinem rechten Fuß immer kurz hoch und wieder runter und beide Hände ballen sich im Intervall zu Fäusten, anschließend werden sie wieder gestreckt. "Ich werde für dich da sein falls es schlimm wird Bruder..."

KAPITEL 6 AUSFLUG NACH BLACKSTONE

Sara begibt sich auf den Parkplatz hinter dem Haus. Man kommt wenn man den Garten entlang geht an ein zweites, kleineres Tor. Von dort aus kommen die Lehrer der Kinder zum Anwesen. Dieser Weg allerdings, führt erst durch etliche Waldabzweigungen bis man dann erst zur Autobahn kommt. Die nebenbei erwähnt Goldsteins Bau ist. Dieser Weg dient nur zum anonymen Ein- und Ausfahren. Worauf Salomon Goldstein einen besonderen Wert legt. Er selbst kommt durch das vordere größere Tor. Welches wie ein Eintritt in ein Königreich wirkt. Herr Bernstein ist immer noch nicht aufgetaucht.

"Eigentlich müsste Herr Bernstein schon längst hier sein für Ephraim und ich muss ja sowieso wegen den Fragebögen zum alleine üben bitten, apropos, wo steckt Ephraim überhaupt?", denkt sich Sara und geht wieder zurück ins Haus um ihre Mutter zu fragen. Ihr Kunst Unterricht fängt erst in zwei Stunden an.

Heute ist wie immer ein sonniger Tag und Sara ist super drauf. Die Mutter unterhält sich gerade mit Esther, darum setzt sich Sara auf den Küchenstuhl an der Theke. Sie nimmt sich einen Apfel und genießt ihn als wäre es ihr erster, so wie sie es mit jedem Obststück macht. Nach dem Gespräch fragt Sara, "Mutter wo ist Herr Bernstein? Er meinte Sonntag zu mir er würde mir die Fragebögen mitbringen..."

"Bernstein wird eine Woche nicht erscheinen.", antwortet die Mutter.

Etwas ist faul denkt sich Sara und hakt nach, "Und Ephraim? Ich schätze es ist wegen Ephraim..."

"Dein Bruder wird bis nächsten Sonntag nicht hier sein.", sagt die Mutter während sie etwas leiser wird.

"Wo ist er denn? Ist er mit Vater weggefahren?", fragt Sara.

"Könnte man so sagen, nun keine Fragen mehr, dein Vater und ich haben einen sehr speziellen Auftrag für dich. Wie wäre es für dich, mal die Innenstadt von Blackstone zu besuchen?", spricht die Mutter und übergibt Sara einen Umschlag.

"Hier, gehe damit zu dem kleinen Einkaufsladen und gebe diesen Umschlag einen der Verkäufer dort. Die Innenstadt ist leicht zu finden, nach dem großen Tor musst du nur etwa fünfhundert Meter gehen, dann wirst du die Ausschilderungen schon sehen. Es gibt nur einen Weg zur Innenstadt und einen Weg, der heraus aus Blackstone führt.", erklärt die Mutter und begibt sich danach aus der Küche.

"Spannend!", denkt sie sich, "Ein erstmaliger Ausflug in die Außenwelt. Wow... ich kann nun das
was mir immer erzählt wurde endlich mit eigenen
Augen sehen. Ob die Menschen wirklich so sind
wie meine Familie es sagt? Die Arbeitskräfte im
Haus sind ja auch nicht viel anders als wir, außer
halt das sie für uns arbeiten. Ich weiß wir sind anders, aber wie anders kann man denn schon sein?",
Sara geht aus dem Anwesen heraus und stolziert
den Weg entlang, der vom Haus zu dem großen
Tor führt. Der Portier erwartet Sara schon:

"Ahh, nun sehe ich dich mal aus der Nähe.
Sonst sehe ich dich immer nur vor eurem Haus
spielen dort hinten, bist ja traumhaft hübsch Sara!",
sagt der Portier Danijel und schaut dabei Sara von
unten bis oben an.

"Ein so wunderschönes Mädchen sehe ich nun
zum ersten Mal und ich konnte schon einige dabei
beobachten wie sie zu einer Frau heranwuchsen."

Sara bekommt durch diese Aussage ein leichtes
Blinzeln in den Augen, wird leicht rot und freut
sich sehr darüber.

"Liebsten Dank Danijel! Mutter erzählte mir
früher schon das du nett bist und ich keine Sorgen
haben soll, wenn du hier draußen Tagsüber stehst.
Aber warum bist du die ganzen Wochen immer da
und nicht nur Sonntag?", fragt sie.

"Ach kleines, es gibt böse Menschen vor denen ich und einige andere Arbeitskräfte hier verteilt euch beschützen sollen. Mit einem Druck auf diesen roten Knopf hier erschallt ein lauter Alarm vergleichbar mit einer Sirene. Daraufhin werden hier in ein paar Minuten mehrere Helikopter einfliegen und noch stärkere Beschützer seilen sich von oben hin ab.", erklärt Danijel.

Fragwürdig schaut Sara ihn an und beginnt zu erzählen, dass sie schon zwei solche Knöpfe gesehen hat. Danijel erklärt weiter, "Natürlich, es sind sogar noch mehrere versteckt montiert, für den Fall das sie nicht von dieser Richtung hier kommen. Aber jetzt weiter Fräulein, ich habe gehört du hast einen Auftrag. Ich wünsche dir viel Spaß auf deiner Reise!", er öffnet das Tor und schwenkt mit einem Arm in Richtung des kleinen Weges.

"Ich wusste da ist was mit diesen Knöpfen! Danke Danijel und bis später!", verabschiedet sich Sara und schleicht etwas unsicher auf dem Weg. Trotzdem hat sie diesen Blick, der zeigt wie beeindruckend das alles für sie ist. Allein diese dreihundert Meter sind für sie schon wie ein Ausflug in einem völlig neuen Land. Die neuen Blumenarten, die sie dort entdeckt sammelt sie natürlich. Mit einem Strauß bepackt und dem Umschlag in der anderen Hand steht sie nun vor den zwei Schildern.

"Innenstadt, also links.", spricht sie laut vor sich hin und geht den linken Weg entlang. Er ist etwas länger als der Weg zum Tor. Einen Moment später blickt sie auch schon nach unten. Denn ab hier führt eine Straße runter in die Stadt.

"Oh Nein... Was ist das denn.", denkt sie sich und hat ihren Mund dabei offen vor Faszination. Blackstone, die Kleinstadt, welche keine zwei Kilometer von ihrem bisherigen Leben entfernt liegt.

"Ich sehe Menschen!", denkt sich Sara und geht weiter runter wo sie dann auch schließlich nach einigen Minuten ankommt.

"Hast du dich verlaufen?", fragt eine Stimme, die etwas wie die von ihrem Bruder Ephraim klingt, nur netter und weicher im Ton. Sara schaut um sich aber sieht niemanden, der sie hätte ansprechen können.

"Wer war das? Wer hat das gesagt?", fragt sie während sie sich hektisch umherdreht.

"Hier oben! Ich sitze hier oben!", sagt die Stimme schon wieder.

Sara blickt hinauf und sieht auf einem Baum einen Jungen sitzen, sie schätzt sein Alter auf dreizehn.

"Hallo, nein ich habe mich nicht verlaufen ich muss hier in einem Einkaufsladen diesen Umschlag abgeben.", verneint Sara und geht weiter.

"Bleib stehen bitte, ich kenne dich gar nicht, woher kommst du? Die nächste Stadt ist sehr weit weg aus der kannst du doch nicht bis nach hier gegangen sein, oder?", fragt der Junge und hüpft von dem Baum herunter.

"Ich kann dir nicht sagen woher ich komme. Ich muss jetzt auch weiter, war nett mit dir geredet zu haben!", nuschelt Sara vor sich hin obwohl sie ihn eigentlich nett findet auch wenn er dreckige Klamotten trägt.

"Warum denn nicht? Ich tue dir nichts, wirklich! Du kannst mir vertrauen!", sagt er und näherte sich Sara mit einem Lächeln.

"Ich darf es nicht. Bitte bleib fern von mir...bitte!"

"Okay, es tut mir leid dich gefragt zu haben. Mich mögen hier nicht viele und ich wollte nur wissen ob du vielleicht neu hier bist. Mach es gut...", flüstert der Junge vor sich hin und geht mit traurigem Gesicht wieder zurück.

"Warte!", stoppt Sara ihn, "Willst du mir vielleicht...", Sara nimmt kurz tief Luft und fährt fort, "... Willst du mir vielleicht den Laden hier zeigen?", fragt sie schüchtern und blickt dabei auf den Boden.

"Selbstverständlich! Dankeschön, das ich das für dich machen darf!", ruft der Junge und hüpft vor Freunde zur ihr hin.

"Sag mal, wie ist eigentlich dein Name?", fragt er, "Meiner ist Joséph, wir kommen ursprünglich aus Frankreich.", fügt er hinzu.

"Aus Frankreich? Wie toll, ich habe schon viel davon gelesen. Es soll ja atemberaubend schön dort sein!", erzählte sie euphorisch, "... Und achja, mein Name ist übrigens Sara."

Beide gehen in die Stadt, Joséph dabei etwas vor Sara wobei er ihr die Stadt erklärte.

"Hier haben wir unsere Post. Dort drüben einer unserer besten Metzger! Phil bereitet das beste Steak der Stadt zu!", fängt er an zu erzählen und steht stolz herum während er auf die Metzgerei zeigt, "Rind? Schwein? Huhn? Hier kannst du dein Tier selbst aussuchen und er schlachtet es vor deinen Augen!"

Sara findet Joséphs Persönlichkeit sehr interessant, die Art wie er über Belanglosigkeiten spricht ist ihr neu. Sie findet es lustig aber auch ein kleines bisschen süß.

"Ich habe auch schon mal ein Tier geschlachtet.", erzählt sie ihm.

"Wir haben auch Tiere und einen Metzger, er zeigte es mir mal und ich durfte dann auch ein Kalb zubereiten."

"Ihr habt Tiere und einen Metzger? In der Stadt, in der du lebst oder wie?", fragt Joséph während er versucht zu verstehen was sie damit meint.

"Nein bei uns Zuhause.", antwortet Sie und versucht das Thema zu wechseln. "Zeig mir bitte den Einkaufsladen!"

Joséph, immer noch verwirrt, fragt erneut. "Wie meintest du das, "Wir haben auch Tiere und einen Metzger", wie kann man Tiere *und* einen Metzger haben?"

Sara erzählt ihm nach einer kurzen Überlegzeit, "Bei uns Zuhause. Ich wohne da oben...", sie hat Vertrauen in ihm und hoffte er würde nichts weiter erzählen. Er ist nicht so wie Vater und Lehrer es immer erklärten. Auch wenn er nicht sonderlich bekleidet ist, mag sie ihn da er ihr Verständnis entgegenbringt, Mitgefühl und Interesse zeigt. Was sie nicht sonderlich viel Zuhause bekommt. Arbeitskräfte die zum Gutsein bezahlt werden zählen nicht. Außer Danijel, der sich außergewöhnlich offen mit ihr unterhalten ha, aber welches Mädchen mag schon einen alten Portier als Spielpartner haben?

"Du wohnst also da, dessen Hausherr nur einmal in der Woche nachhause kommt?", fragt er, "Wir hier in Blackstone wissen alle darüber. Nur wissen wir nicht was dort oben..."

Sara unterbricht ihn, "Du darfst keinen erzählen, dass du mich kennst, das musst du mir bitte versprechen!".

"Keine Sorge Sara, du bist meine Freundin und ich werde nichts rumposaunen.", sagt er und geht weiter voran ohne irgendwelche Fragen zu stellen.

"Hier vorne siehst du das rote Schild? Das ist Rothschrills Einkaufsladen, die haben das beste Sortiment hier in der Stadt! Ich werde hier draußen auf dich warten.", sagt Joséph.

Sara begibt sich in den Laden. An der Kasse sitzt eine ältere Dame.

"Kann ich dir behilflich sein junges Fräulein?"

"Ja, ich habe hier einen Umschlag, den ich ihnen geben soll.", sagt Sara und übergibt ihr den Umschlag. Die Dame öffnet ihn und setzt ihre Brille auf. "So, was brauchen wir denn..."

Sara schaut sich derweil den Laden an. Das meiste kennt sie aus dem eigenen Lebensmittelvorrat im Keller.

"Kleines...", spricht die liebliche Stimme der alten Dame.

"Komm bitte in dreißig Minuten wieder, das gewünschte muss erst noch geliefert werden und unser Postmann sollte es dann gebracht haben."

Sara freut sich, denn so hat sie noch etwas Zeit um ihren neuen Spielpartner näher kennenzulernen.

"Kein Problem, Madame! Ich bin dann gleich wieder zurück. Bis dann!", ruft sie hinter sich her während sie den Laden verlässt. Die alte Dame winkt hinterher.

Sara findet Joséph nicht mehr. An der letzten Stelle war er nicht aufzufinden.

"Hat er mich wirklich nur belogen? Warum nur? Warum macht er das...", spricht sie zu sich und wird traurig, "Wieso ist das so, ich hasse mein Leben, ich will doch nur glücklich sein aber warum machen das immer alle... Vater hatte Recht, vertraue niemanden... Oh man, warum macht Joséph das nur ich fing ihn wirklich an zu mögen... Immer dasselbe, warum sind alle so emotionslos...", eine Hand berührt ihre Schulter und sie erschreckt sich ruckartig.

Sie dreht sich um und Joséph steht vor ihr mit einer wunderschönen roten Blume. Joséph näherte sich Sara und platziert die Blume hinter ihren Ohren.

"Jetzt bist du noch schöner als du sowieso schon bist.", murmelt er leise.

Sara freut sich so sehr das sie ihn umarmt und sich mehrmals bedankt, "Dankeschön, einen lieben lieben Dank! Ich dachte schon du wärst einfach weggegangen!", sagt sie laut voller Freude.

"Warum sollte ich meine neue Freundin sofort im Stich lassen? Ich bin zur Blumenweide gelaufen und wollte dir nur eine Blume schenken.", erklärt er.

"Dann ist ja alles super und Dankeschön nochmal dafür, sie gefällt mir echt sehr.", sagt sie und fühlt sich geschmeichelt.

"Du, ich hab nur noch dreißig Minuten Zeit, willst du mir mehr von der Stadt zeigen?", fragt sie.

"Sicher, komm lass und gehen!", bejaht er und geht wieder voran.

Obwohl Blackstone eine kleine Stadt ist, gibt es sehr viel zu entdecken. Das Bürgerhaus ist mit Abstand das größte Gebäude in der Stadt.

"Schau mal hier, unser größtes Gebäude!", sagt Joséph stolz während er auf das Bürgerhaus zeigt.

"Um ehrlich zu sein, unser Anwesen ist größer...", sagt Sara und zieht dabei eine enttäuschende Mimik, da sie gerade realisiert in welchen Verhältnissen sie lebt und wie klein doch Joséph's Zuhause sein muss.

"Ich hätte das nicht sagen sollen, hast du Lust dich irgendwo hier mit mir hinzusetzen?", fragt sie und hofft das Joséph nicht weiter nachfragt.

"Klar Sara ich zeige dir einen wunderschönen Platz mit Blick auf den See! Um vierzehn Uhr also musst du wieder weg...", antwortet er, schaut sich kurz um und zeigt auf die große Glocke, an dessen Gebäude eine Uhr befestigt ist.

"Das schaffen wir locker, es sind keine zwei Minuten von hier aus entfernt."

Joséph läuft voran, Sara, mit ihrem Straus in der Hand und der Blume hinter dem Ohr, hinterher. Recht zügig kommen sie auch schon an. Eine Bank mit sensationellem Ausblick auf den See. Beide setzen sich hin und genießen erst mal eine Weile diesen wunderbaren Anblick. Die Sonne ist als großer Schatten mitten auf dem See zu sehen, das Wasser ruhig. Sara fängt an zu fragen, während beide auf den See schauen da sie ihre Augen nicht davon lassen können.

"Hast du Geschwister?", fragt sie.

"Ja, noch einen kleinen Bruder und du?"

"Ich habe auch einen kleinen Bruder! Ich liebe ihn sehr.", antwortet sie und fragt weiter.

"Du gehst bestimmt auf eine öffentliche Schule, oder?"

"Wir hier in Blackstone haben ein anderes Lehrsystem. Die Berufe der Väter werden hier von einigen Meistern gelehrt, auszusuchen gibt's hier nichts.", sagt er.

"Das ist mir neu, aber bei uns ist das ähnlich, mein Bruder wird auch einmal in Vaters Fußstapfen treten. Ich hingegen werde eine Malerin. Das steht fest, ich konnte es mir aussuchen!", erzählt sie und fängt an Joséph anzulächeln. Das ihre Zukunft als Malerin schon längt geplant war, weiß sie natürlich nicht.

"Ich würde liebend gerne weiterhin mit dir in Kontakt bleiben aber es darf nicht sein... ich weiß nicht wann ich nochmal hier raus in Stadt darf. Aber ich verspreche dir, dich aufzufinden wenn ich älter bin!"

Joséph versteht es, "Das wusste ich, dass wir uns nicht mehr oft sehen werden. Ich zeige dir wo ich wohne dann kannst du mich besuchen sobald du kannst und willst!"

Sara hüpft auf und akzeptiert sein Angebot,

"Klar, zeig es mir, wir haben sowieso nicht mehr viel Zeit. Dankeschön dafür, dass du mir diesen Ort hier gezeigt hast und auch ein Danke für die kleine Stadtbesichtigung. Die Blume, die du mir schenktest werde ich in einem Glas in meinem Zimmer stellen, versprochen!"

"Nichts zu danken Sara es war mir eine Freude! Komm wir gehen!", sagt er und geht dieses Mal neben Sara.

Sie begeben sich zu Joséph's Haus. Es ist ein kleines Haus vergleichbar mit Goldsteins Wohnzimmerfläche.

"Hier wohne ich... meine Mutter wird dir sagen wo ich mich dann aufhalte, sollte ich nicht Zuhause sein."

"Sehr schön, ich freue mich schon sehr dich wieder zu sehen und ich hoffe das nächste Mal haben wir mehr Zeit. Ich würde gerne noch mehr von Blackstone sehen.", sagt Sara und sie gehen beide wieder zu Rothschrills Einkaufsladen.

Joséph umarmt Sara, geht weg und ruft "Alles Gute und Danke das du mit mir die Zeit verbracht hast!"

Sara geht in den Laden. Die alte Dame ist noch nicht aufgetaucht. Es sind ja noch drei Minuten Zeit. Sie wartet an der Theke. Die alte Dame spricht aus dem Hinterraum, "Einen Moment nur noch kleines, ich verpacke es gerade!"

"Kein Problem.", antwortet Sara.

Die alte Dame erscheint mit einem kleinen braunen Paket. Es ist nicht größer als ein Schuhkarton.

"Bitteschön, das ist für dich! In dem Brief stand du sollst es nicht öffnen, erst wenn du Zuhause bist."

"Dankeschön!", sagt Sara und verabschiedet sich nach draußen.

"Ich soll es nicht öffnen...", schweift sie in ihren Gedanken,

"Was da wohl drin ist?"

Da der Auftrag klar ist, hält sie ihn ein und begibt sich auf den Heimweg.

Auf dem langen Weg angekommen, geht sie in Richtung Tor. Schon fünfzig Meter vor der Ankunft von Sara öffnet es sich.

"Ich glaube Joséph würde es hier sehr gefallen...", denkt sie sich und geht weiter bis Danijel sie begrüßt.

"Hallo Sara da bist du ja schon wieder! Oh und ich glaube der Inhalt dieses Paketes wird dich sehr freuen!", sagt er lächelnd.

Sara schreckt zusammen, "Echt? Du weißt also was hier drin ist?".

"Natürlich! War es denn schön in der Stadt?", fragt Danijel.

"Ja, sehr schön es hat mir echt viel Spaß gemacht!", trällert sie glücklich vor sich hin ohne Joséph zu erwähnen. Den darf sie hier auf keinen Fall erwähnen, obwohl sie es herzlichst wollen würde. Sie geht in das Anwesen wo ihre Mutter schon im Eingangsbereich auf sie wartet.

"Da bist du ja wieder. Übereiche mir das Paket und warte im Garten auf mich, Vater hat eine Überraschung für dich."

Sara denkt sich: "Eine Überraschung? Was ist in dem Paket drin? Ich will es unbedingt nun wissen, danke Vater!"

Auf dem Weg zum Garten, fällt ihr ein, "Ephraim?!", sie setzt sich auf ihre Schaukel und vertieft sich in Gedanken.

"Was haben Mutter und Vater mit ihm gemacht? Warum ist er eine Woche nicht Zuhause? Ich hoffe sie bestrafen ihn nicht zu hart...", in dem anderen Augenblick fängt sie wieder an zu fröhlich zu werden.

"Oh nein ist das Leben schön, ich bekomme gleich ein Geschenk! Ich liebe Überraschungen!"

Die Mutter ruft aus dem Fenster, "Sara! Geh in dein Zimmer, dein Geschenk liegt auf dem Bett!"

Sara stürzt sich aus der Schaukel und läuft blitzschnell ins Anwesen. Im ersten Stock angekommen geht sie in ihr Zimmer und sieht etwas auf dem Bett liegen. Die Mutter kommt von hinten an sie ran und spricht:

"Hier Tochter, du hast dir nun dein erstes Schmuckstück selber gekauft und das ohne unserer Obhut. Dieses selbstgefertigte Diadem aus Diamanten wirst du auf der Bar Mitzwa deines Bruders tragen. Du kannst sie natürlich tragen wann du willst, es gehört dir alleine!"

Das erwähnte Diadem wurde von Goldstein schon letzten Monat in Auftrag gegeben. Es ist ein mit dreiunddreißig kleinen Diamanten bestücktes Meisterwerk. Welches erst nach mehreren Monaten vom Juwelier angefertigt wurde. In dem Umschlag, den Sara abgeben sollte, war ein Scheck über fünfzigtausend Dollar und die Anweisung Goldsteins, Sara nichts darüber zu erzählen. Sara konnte ihr Glück kaum fassen und setzte es sofort auf um sich damit im Spiegel zu betrachten. Ihr langes blondes Haar mit braunen Strähnchen und dazu die Kristallblauen Augen harmonieren unfassbar gut mit dem Diadem.

"Das ist das schönste, was ich je in meinem Leben gesehen habe. Auch wenn Mutters Schmuck unbezahlbar schön aussieht, dieses Diadem ist ein makelloses Objekt, sie passt zu Joséphs wunderschöner Blume..."

KAPITEL 7 UNGEWOLLTE ANTWORTEN

Es ist ein traumhaft schöner Sonntag. Die Arbeitskräfte stehen schon bereit für Goldsteins Ankunft. Sara wartet schon die ganze Woche ungeduldig darauf. Sie will unbedingt wissen was mit Ephraim geschehen ist. Die Klingel läutet und das Tor öffnet sich. Salomon begrüßt seine Familie und bittet Sara ins Haus. Er habe was mit ihr zu besprechen. Rinah geht derweil hinten rum in den Garten.

"Mein Schatz, wie hat dir das Geschenk gefallen?", fragt Salomon seine Tochter.

"Es ist wunderschön Vater! Dankeschön!", antwortet sie und bedankt sich bei ihrem Vater mit einem Kuss.

"Geh schon mal in die Küche ich komme sofort.", beauftragt Salomon und geht die Treppe hinauf.

Sara setzt sich an die Theke und lässt sich ein paar Trauben schmecken. Salomon kommt in die Küche.

"Wie geht es dir meine Tochter, ich hörte du hast dich im Unterricht besser geschlagen als sonst! Das ist super! Du weißt ja das bald Ephraims Bar Mitzwa ist, was hältst du davon wenn du ein paar Plakate vorbereitest?"

Sara freut sich natürlich und willigt ein, "Liebend gerne Vater! Wo steckt Ephraim eigentlich?", fragt sie nebenbei.

"Dein Bruder wird übermorgen wieder raus... ähm... wieder her kommen.", verspricht Salomon sich kurz, "Keine Sorge ihm ist nichts passiert, er bekam nur die angemessene Strafe, die er brauchte."

Sara fragt nicht weiter und entschließt sich einfach auf ihn zu warten.

"Ich gehe in mein Zimmer Vater, die Plakate malen sich nicht von alleine!", spricht Sara und begibt sich hoch in ihr Zimmer.

Joséph's Blume ist noch nicht verwelkt und gedeiht in einem Glas vor sich hin. Im Schlafzimmer der Eltern sitzen Rinah und Salomon an einem Tisch und unterhalten sich.

"Denkst du Ephraim hat gelernt?", fragt Rinah ihren Mann.

"Auf jeden Fall, als mein Vater mir diese Strafe gab, lernte ich auch.", antwortet er ihr. Beide unterhalten sich noch etwas bis es Zeit zum Abendessen ist.

Alles lief ruhig über die Bühne, auch Saras Test am Abend verlief mal wieder erfolgreich. Es wird verabschiedet und die Familie legt sich schlafen.

Sara liegt im Bett und macht sich immer mehr Sorgen, "Ephraim ist ja immer noch nicht aufgetaucht...wo steckt er nur...", den Rest des Abends vertieft sie sich in Gedanken. Plötzlich streckt sie sich und ihr Körper verkrampft sich. Ein Anfall. Sie hält sich an ihren Kopf und versucht dieses laute Schreien in ihren Gedanken zu lösen, vergebens. Mehrere Minuten dauern die Schmerzen im Körper an. Die Schreie werden lauter und sie fängt an laut zu schreien.

"WARUM NUR! WARUM WARUM WARUM!", und im gleichen Augenblick löst sich der Anfall wieder auf. Solche hat sie hier und da in Monatsabständen. Nach kurzer Beruhigung kann sie schließlich einschlafen.

Am nächsten Morgen beim Frühstück, Sara setzt sich hin, die Mutter sitzt schon, kommt Salomon unerwartet und frühstückt mit. Eigentlich fährt er sonst um fünf Uhr morgens schon weg, heute jedoch nicht.

"Sara, wie wäre es für dich, wenn du mal eine Woche mit mir unterwegs bist?", fragt Salomon, während er eine Tasse Tee trinkt.

Sara ist schockiert. Eine Woche mit Vater unterwegs sein, so eine lange Zeit hat sie in ihrem Leben noch mit ihm verbracht und sie würde endlich mal Vaters Job aus der Nähe sehen.

"Was ich davon halte? Es wäre mir eine Ehre Vater!", sagt Sara voller Freude, steht aus dem Stuhl aus und begibt zu ihrem Vater, der am Ende des Tisches sitzt. Sie gibt ihm einen Kuss und sagt mit aufgeregter Stimme:

"Ich packe sofort meine Sachen! In zehn Minuten bin ich fertig!", sie versucht wegzugehen aber ihr Vater hält ihren Arm fest.

"Das brauchst du nicht, du kannst dir neue Sachen in einen der Läden aussuchen."
Sara konnte ihr Glück gar nicht fassen, erst das brandneue Diadem und nun das.

"Oh Vater! Wie kann ich mich für all das bedanken?", fragt sie.

"Indem du schnell in dein Zimmer flitzt und dein Diadem anziehst, du wirst heute Abend schon einen neuen Onkel kennenlernen, der leider noch nicht die Zeit hatte uns hier zu besuchen.", spricht er, Sara flitzt in ihr Zimmer.

"Hältst du es für eine gute Idee, sie mitzunehmen?", fragt Rinah ihren Mann.

"Natürlich, dann kann sie endlich sehen, wie viel Macht Papa wirklich hat. Es wird ihr eine Lehre sein, damit sie versteht, dass die Menschen da draußen nur Ungeziefer sind. Dreckspack. Sie hat einen neuen Freund draußen in Blackstone gefunden, wurde mir berichtet. Das Leben besteht aber nicht nur aus zwischenmenschlichen Beziehungen!", erklärt er als würde er gerade eine Ansage vor dem Volk halten.

"Ich bin fertig Vater!", ruft Sara aufgeregt.

"Geh schon mal nach draußen und setz dich in die Limousine, wir fahren heute extravagant."

Sara geht nach draußen und sieht ein zehn Meter langes Auto.

"Wow...", denkt sie sich und geht die Eingangstreppen hinunter. Der Fahrer erwartet sie schon und öffnet die hinterste Tür.

"Madame Goldstein, ich wünsche ihnen eine angenehme Fahrt.", spricht der Fahrer und bittet Sara herein.

"Er hat *Ihnen* gesagt, das find ich schön. Ich fühle mich jetzt schon reif!", denkt sie sich und steigt elegant in die Limousine.

Salomon erscheint kurz danach auch. Er kommt von der anderen Seite hinein und setzt sich links neben Sara. Beide sitzen nun nebeneinander in der hintersten Bank der Limousine.

"Wie gefällt es dir hier?", fragt er voller Stolz.

"Es ist wunderschön, diese entspannenden Farben gefallen mir hier besonders!", antwortet sie und schaut sich mit großen strahlenden Augen um.

Sie ist zwar einen unvorstellbaren Luxus ausgeliefert, jedoch faszinieren neue Dinge sie immer mehr.

"Wo fahren wir als Erstes hin, Vater?", fragt sie.

"Lass dich überraschen!", grinst er und öffnet mit einem Knopfdruck die Glasabsperrung zum Chauffeur.

"Ben, Musik.", spricht er, diesmal mit einem leicht aggressiven Unterton.

Klassische Musik erklingt und Salomon drückt wieder auf den Knopf um die Privatsphäre zu schützen.

"Mein Kind, was du gerade hörst, ist Dagna. Musik der Extraklasse!", sagt er und schwingt mit seinen Armen zum Rhythmus der Violinen.

Sara kennt diese Musik von einigen Festen, die auf dem Grundstück gefeiert wurden. Auch spielt ein Live-Orchester bei jedem Shakar Treffen diese Stücke.

Die Limousine hält nach ungefähr einer Stunde an. Die Goldsteins befinden sich auf einem abgelegenen Flughafen. Sehr klein, im Gegensatz zu Passagierflughäfen. Zehn Privatjets verteilt in drei großen Hallen stehen zur Verfügung. Salomon und Sara werden vom Chauffeur herausgebeten.

"Such dir einen aus!", sagt Salomon und zeigt auf die offenstehenden Hallen.

Sara ist noch nie geflogen, Flugzeuge fliegen nicht über Blackstone. Nur in Büchern hat sie schon mehrmals Bilder über Fluggeräte gesehen. Sie geht auf die zweite Halle zu und wählt den Gulfstream G3000. Ein Einzelexemplar.

"Gute Wahl!", spricht Salomon und legt seine Hand auf Saras Schulter.

"Weißt du, dass es auf der ganzen Welt nur einen Jet von diesem Modell gibt? Es ist ein von mir beauftragtes Projekt gewesen um dieses Pracht-Exemplar zu errichten.", erzählt er.

Sara weiß im Grunde genommen überhaupt nicht in wie weit sie hochgeboren ist.

"Vater, wie reich sind wir eigentlich?"

Salomon fängt an laut zu lachen, "Meine Tochter, reich ist überhaupt kein Ausdruck für das was wir besitzen. Diese zehn Jets, Liebling, sind nur ein fünfzigstel von unseren persönlichen Fluggeräten die wir besitzen. Diese wiederum, tragen nicht mal null Komma null drei Prozent zu unserem Vermögen bei. Ich denke das Wort, welches unseren Wohlstand beschreibt, wurde noch nicht erfunden."

Sara macht während der Rede große Augen und kann es kaum fassen. Sie ist die Tochter von einen der reichsten Väter der Welt. Sie fragt weiter, "Gehören wir zu den zehn reichsten Familien der Welt?"

Salomon lacht weiter und geht voran in Richtung Jet, "Hahaha... Wenn du wüsstest..."

Sara geht hinterher ohne weiter zu Fragen, dennoch realisiert sie gerade, in welchen Umständen sie lebt. Beide sind im Jet und die lange Treppe schließt sich. Der Innenraum des Jets ist geschmückt und verziert mit goldenen Rahmen. Sechs Sitze besitzt die Maschine. Einmal vier, welche mit einem Tisch in der Mitte eine gemütliche Sitzgelegenheit bieten und einmal zwei Sitze gegenüber stehend. Außerdem besitzt der Jet noch eine eigene Bar, mehrere große Boxen an der Decke und drei Personalangestellte die auf Knopfdruck erscheinen. Diese wiederum reisen nur an, wenn Salomon den Auftrag dazu gibt.

"Wo fliegen wir hin, Vat...oh lass mich raten, *Lass dich überraschen*?", fragt Sara.

Salomon grinst nur und fängt weiter an zu erzählen. Beide sitzen sich gegenüber in dem Zweisitzer Bereich.

"Du erlebst morgen den klassischen Montag. Zuerst fliegen wir in mein Büro, welches sich auf einer Insel befindet. Zayman Island."

"Einer Insel?", fragt Sara.

"Ja, auf einer unserer Inseln liegt mein Haupt Büro, von da aus bekomm ich den wöchentlichen Bericht aller Banken die in unserem System sind. Das sind grob geschätzt zweitausend Großbanken, die wiederum mehrere hunderte Bankzweige besitzen. Du darfst dreimal raten wer mehr Einnahmen in einer Minute macht als all diese Banken zusammen in einer Woche.", grinst Salomon vor sich hin.

"Möchtest du etwas trinken?", fragt er seine Tochter.

"Ein Apfelsaft!", antwortet Sara rasch.

"Drück auf den blauen Knopf neben dir, eine Dame wird kommen und fragen was du wünschst, ihr kannst den Befehl geben."

Sara drückt auf den blauen Knopf, zwei kleine leise Töne werden gespielt und die Tür für das Personal öffnet sich.

"Ihr wünscht?", fragt die Bedienung.

"Ein Apfelsaft, bitte!", erwidert Sara.

"Sofort.", sagt die Bedienung und verschwindet wieder. Salomon hält sich an den Kopf.

"Sara... Mach so etwas nie wieder. *Bitte* sagt man nicht zu diesen Menschen. Man sagt was man will, bekommt es und gut ist. *Bitte* sagst du nur bei Mutter und Familie.", sagt Salomon und streift sich dabei über die Stirn.

"Okay Vater, entschuldige."

Die Tür öffnet sich und die Bedienung bringt Sara das gewünschte Glas Apfelsaft.

"Bitte sehr.", sagt sie beim Hinstellen des Glases.

Salomon spricht kurz danach laut auf, "Ein Glas Wasser für mich."

Nachdem das Wasser gebracht wurde, spricht Salomon weiter zur Tochter.

"Du musst lernen, dass wir anders sind. Jeder Außenstehende, sei es das Personal in unserem Haus oder die Menschen, die du außerhalb des Anwesens triffst, sind nur Vieh. Alle außer unserer Familie oder die Familien die gelegentlich mit uns auf dem Anwesen feiern, sind Vieh. Nur wir, der geschlossene Kreis, sind die Auserwählten. Aber das wirst du auf unserer Reise besser zu verstehen lernen. Die Menschen die in dem System leben, welches von uns errichtet wurde, arbeiten nur für uns.", beendet Salomon seine Rede.

"Haben die anderen Familien den gleichen Job?", fragt Sara.

"Es ist etwas komplizierter. Die einzigen zwei anderen Familien, die sich mit mir messen können, sind die Steinbergs & Bernsteins, welche beide Oberhäupter du ja auch schon von den Festen her kennst. Die beiden Familien zusammen sind die Inhaber der europäischen Zentralbank. Halt unter meiner, unserer, Kontrolle. Die Macht dieser Steinberg & Bernstein Zentralbank ist enorm. Erst kürzlich wurden fünf ganze Länder von ihr abgeschossen. Nun herrscht dort Hungersnot und Finanzkrisen toben auf dem ganzen Kontinent. Finanzkrisen sind nur dazu da um neue Pläne/Gesetze zu ermöglichen. Für die Umsetzung solcher Pläne brauch man halt Krisen. Das Volk ist dann verwundbar und frisst einem alles aus den Händen. Das macht es leichter für uns, mehr Kontrolle und Gewalt zu erzwingen. Ha, ich kann mich noch erinnern als ich mit Sen-Levin und Ezechiel vor fünf Jahren eine Weltwirtschaftskrise ausgelöst habe. In der Zeit waren alle Türen für uns offen.", beendet Salomon seine Lektüre.

Sara konnte den ganzen Vortrag über nur da sitzen und mit geöffnetem Mund begeistert zuhören. Ihr fehlen die Worte.

"Vater...", fängt sie an zu stottern, "Warum... macht ihr das, oder warum machst du das? Das hört sich ja so an, als wenn Abermillionen von Menschen nur wegen euch kein schönes Leben haben."

Salomon grinst weiterhin, "Das Warum, kann ich dir nicht beantworten. Dieses Wissen bekommt Ephraim bald auf seiner Bar Mizwa überreicht."

Sara gefällt das jetzige Wissen nicht wirklich, da sie weiß das viele Menschen leiden müssen, aber die Macht zu haben über Völker zu herrschen ist für sie andererseits unglaublich.

"Und was ist dann mit den Politikern? Ich weiß, dass sie nur da sind um gespaltene Meinungen und unsinnige Debattierungen zu erzeugen, aber warum machen die das mit?", fragt sie.

"Das erkläre ich dir vielleicht ein anderes Mal...", lacht Salomon vor sich hin.

"... aber egal, das ist ein anderes und viel zu komplexeres Thema. Politiker sind entscheidende Leute die unser Vorhaben erst ermöglichen. Aber da es nur Menschen sind, kann man sie kaufen. Soviel dazu..."

50

07.07.2013

Die Woche war hervorragend, alle waren sie anwesend. David, Shlom, Ezechiel & Sen, Ehud & Laban, Amon, Hennoch, Mosel, und Salomon. Der Gastgeber hat die Zahl der Gäste auf 150 erhöht und ich muss wahrlich zugeben: Es war exquisit.

Das Buffet, die Tänzer & Tänzerinnen, die abendlichen Shows oder etwa die Ausflüge in den Wäldern. Salomon hat mit einem Handschlag einen legendären Deal abgeschlossen, Hennoch und Sen haben sich endlich geeinigt und ich habe allem Anschein nach meine Ehefrau mit einer der wildesten Braut Brasiliens betrogen. Nicht das ich es wollte, aber ihre südamerikanischen Tanzbewegungen haben ganz einfach meine Sinne narkotisiert.

KAPITEL 8 DER ENGE KREIS

"Begrüße deinen Onkel Sara, ich komme gleich nach!", befiehlt Salomon und geht auch wie im eigenen Anwesen hinten rum zum Garten. Sein Name ist David Goldstein. Als Manager arbeitet er in Salomons Hauptzentrale und führt zugleich seine eigene Bank. Sein Anwesen ist um einiges kleiner als Salomons aber dennoch deutlich größer als eine Villa.

"Hey kleines!", spricht David. Er ist um einiges jünger als Salomon.

"Hast du Lust auf ein Eis?", fragt er.

Sara hat natürlich Lust, "Klar, gerne!", beide begeben sich in die Küche.

"Welche Sorte magst du? Wir haben Kirche, Schokolade, Vanille..."

"Habt ihr auch Erdbeere?", fragt Sara.

"Aber sicher das, hier kleines. Aber aufpassen, ist vergiftet!", scherzt David und beide fangen an zu lachen.

Sara findet David nett und da er ja zur Familie gehört fragt sie ihn, ob er sie nicht rumführen möchte. Er bejaht und zeigt ihr sein prachtvolles Anwesen. Eine Weile vergeht und schließlich zeigt er ihr noch sein Arbeitszimmer. Er bittet sie sich hinzusetzen, während er zu seinem Schreibtisch geht. Als er wieder zurück zur Sara geht, setzt er sich hin und sagt, "Schließe deine Augen."

Sie schließt ihre Augen und verspürt einen kleinen Stich an ihrem Hals. David hält sie fest, während sie sich versucht zu wehren jedoch scheitert sie. Ihr wird schwindelig und schließlich, bewusstlos. Salomon kommt herein.

"Ich hole sie morgen wieder ab."

Sara erwacht, sie findet sich in ihrem Zimmer im Anwesen wieder.

"Was ist passiert?", fragt sie sich und reibt sich die Augen. Ephraim kommt herein.

"Du bist ja wieder wach! Wie geht es dir? Du hast ja nun drei Tage durchgeschlafen und als ich eben hörte, du bist erwacht, wollte ich dir das hier geben."

Er gibt ihr einen Zeitplan über seine Bar Mizwa.

"Du wirst *Offizielle* sein, meinte Vater, als er dich herbrachte."

Sara fragt ihn was passiert sein, da sie sich nicht erinnert.

"Vater meinte, dir ginge es schlecht also musste er dich am Donnerstag schon zurück bringen.", beantwortet Ephraim und geht wieder heraus, "Vater ist schon wieder zurück, er ist im Garten mit Mutter. Gleich gibt es Abendessen, mach dich schon mal fertig!"

Traurig ist, dass Rinah nichts davon weiß. Es werden eigentlich nur Kinder von außerhalb zu diesen Zwecken benutzt. Geheimdienste verschleppen diese. Daher wird nie mehr von den Kindern gehört, die Angehörigen haben also ein Leben lang keine Ahnung.

"Guten Abend Kinder, Ephraim, bei dir soll es ja wieder nur *naja* gelaufen sein im Unterricht, mehr Disziplin!", spricht Salomon während die Familie diniert.

"Ich hatte nur einen Fehler im letzten Test!", antwortet Ephraim.

"Widerspreche mir nicht!"
Sara fragt ihren Vater nach ihrer Krankheit, was es denn war.

"Nichts Schlimmes. Nun keine Fragen mehr, ich muss morgen früh raus."

Die Familie Goldstein begibt sich nach dem Mahl in ihre jeweiligen Zimmer. Keine Informationen seitens dem Täter, das Opfer, unwissend. Bei Ephraim ist die Wirkung seiner *Bestrafung* vollsten eingetreten, Abstumpfung der Gefühle, striktes Handeln. Die Bar Mitzwa wird sicherlich ein voller Erfolg. Bei Sara treten unter anderem die Ausbrüche vor dem zu schlafen gehen ein, ihr Familiengefühl wurde enorm verstärkt, Autorität ist hochrangig und einige andere psychische Störungen zu Gunsten der Familie oder auch einfach normale

Folgen von der angewandten Imur Fortpflanzungsmethode von Amschel.

Die Bestrafung bestand darin, die Woche über in einem Keller zu hocken und sich darüber zu Gedanken machen was er falsch gemacht hat. Es ist Montag. Ein vollkommen normaler Tag der beiden Kinder im Anwesen, nebenbei gesagt es ähnelt es schon eher einem Schloss, jedoch bevorzugt Salomon den Ausdruck *Anwesen*.

Sara hat WPC, Ephraim WPU. Rinah die Mutter beschäftigt sich täglich damit, ihre Hobbys zu genießen. Dazu gehört ihr Garten. Alleine vier Mitarbeiter sind nur für die Pflege zuständig, zwei zum Ernten. Rinah selbst, liebt einfach den Anblick und das säen der Köstlichkeiten. Sie verzichtet auf jegliche Gemeinschaftsaktivitäten, welche nur annähernd mit dem Normal Bürger verbunden sind.

"Die Tomaten können langsam nicht mehr größer werden Anna, die fangen schon an zu platzen!", ruft Rinah zu einer der Angestellten.
Nächste Woche Sonntag, bei Salomons Ankunft werden alle Einzelheiten über die Bar Mizwa geteilt da es kommende Woche startet.

Nach dem Unterricht von Sara, entschließt sie sich ihre Mutter zu fragen, ob sie nicht in die Stadt dürfe da es ihr dort sehr gefallen hatte.
"Mutter? Ich wollte dich fragen, ob ich vielleicht

noch mal in die Stadt darf. Ich fand es sehr schön!"

Rinah verneint natürlich sofort, "Auf gar keinen Fall darfst du. Es war eine einmalige Situation. Wenn du Alt genug bist, dann darfst du."

Mit enttäuschtem Blick wendet sich Sara ab und begibt sich zurück in ihr Zimmer. Die Blume von Joséph ist schon verwelkt, trotzdem immer noch in einem Glas auf ihrem Tisch. Sie setzt sich auf ihren Stuhl und ist in Gedanken bei ihm.

Ephraims Unterricht verläuft mal wieder reibungslos und er macht sich auf den Weg zum Sport. Die Angestellten des Anwesens bereiten schon alles für Ephraims Bar Mitzwa vor, es wird wie bei Sara ein großes Fest geben. Ein ausgiebig gefülltes Mahl wird das Highlight. Nicht zu vergessen das Orchester, welches in den ersten zwei Tagen gespielt wird. Salomon besteht darauf, dann muss es auch gemacht werden.

Die Woche vergeht durchgehend standardisiert, wie immer, bis Samstag. An diesem Tag laufen die Vorbereitungen auf Hochtouren. Ephraim und Sara bereiten ihr Outfit für die Ankunft des Vaters vor. Rinah befehligt die Angestellten. Dov der Koch ist mit seinem Team schon die Woche hinüber bis in die Nächte am Arbeiten. Ein Verlauf, präzise geplant vom Hausherrn, den jeder durcharbeiten muss.

Am Samstagabend ist es dann schließlich soweit, einzelne Gäste treffen ein. Darunter Ezechiel Steinberg und Sen-Levin Bernstein, die zwei Menschen, die nur eine Position unter Salomon stehen. Auch schon eingetroffen sind einige Familienmitglieder. Jeder kommende Gast hat sein eigenes Zimmer im Anwesen, vier Familien jedoch müssen es sich im Gästehaus neben dem Garten gemütlich machen. Diese sind aber noch nicht erschienen.

Es ist Sonntag, Salomon müsste gegen Mittag ankommen, daher sind die Kinder schon im Outfit bereit und erwarten seine Ankunft. Auch die Angestellten warten nur noch darauf, denn danach geht es wieder an die Arbeit. Sara trägt ihr Diadem und durch den ganzen Stress und ihrer *Krankheit* hatte sie ganz vergessen zu fragen, wo Ephraim eigentlich in der Woche war.

"Das geht dich nichts an!", antwortet Ephraim perplex und geht nach draußen in den Garten, zu den Gästen.

Auch wenn sie noch so sehr versucht sich an Ephraim zu schließen, ist sie meistens Erfolgslos, da er durch seine Art sehr starke Stimmungsschwankungen hat und das schon in diesem Alter. Salomon trifft ein. Dieses Mal jedoch nicht alleine, sein persönlicher Berater Jake ist mit dabei. Jake Rosenbaum dient schon seit rund dreißig Jahren Salomon.

"Ma shlomcha Ephraim! Hab dich ja ewig nicht mehr gesehen!", ruft Jake und gibt Ephraim einen Schubs, sodass er fast umfällt.

Mit seinen ein Meter achtundneunzig und einem Alter von vierundsiebzig Jahren ist Jake noch top fit.

"Mir geht es gut, danke. Ja du warst bei den letzten Festen gar nicht dabei, ist doch klar, dass du mich ewig nicht mehr gesehen hast!", erwidert Ephraim.

"Komm her lass dich drücken, kleiner Löwe!"
Salomon begibt sich ins Anwesen zum Schlafzimmer. Mehr und mehr Gäste treffen ein, sodass schon bald die Anfangszeremonie beginnen kann.

"Rinah, ist der Keller fertig?", fragt Salomon seine Frau.

"Alles fertig, die Kerzen werden gleich aufgestellt, du kannst alle getrost heute Abend herein führen."

Ein schönes Sakko wird angezogen, etwas festlicher heute, in Grau, statt dem üblichen Schwarz.

"Wie sehe ich aus...", murmelt Salomon vor dem Spiegel, während er seine Krawatte richtet.

"Blendend.", Rinah gibt ihm einen Kuss auf die Backe und verlässt das Schlafzimmer.
"Papa! Die Gäste erwarten dich!", ruft Sara und kommt herbeigelaufen.

"Sag ihnen ich bin in fünf Minuten da."

Salomon wäscht sich die Hände und lächelt Sara an, das linke Auge etwas kleiner als das rechte. Ein Stück von Dagna spielt im Garten, die Gäste amüsieren sich prächtig, das Büffet ist füllig bestückt und es wird von allen Seiten gelacht und geredet.

"In fünf Minuten ist mein Vater bereit die Rede zu halten!", ruft Sara in die Menge.

Derweil sitzt Salomon auf dem Bett. Er hat eine kleine weiße Tablette in der Hand.

In Gedanken schwirrt er herum, "... Zeiten. Zeiten sind da um genutzt zu werden. Im Universum gibt es keine Zeit. Unsere Zeiten sind vorgeschrieben, es ist das vollkommene Leben...", und legt sich die Tablette in den Mund.

Mit zwei Schlucken Wasser beendet er, was auch immer, begibt sich zum Spiegel und richtet seine Krawatte. Auf dem Weg nach unten wird ihm schwarz vor Augen, er versucht sich an der Wand festzuhalten, aber fällt zu Boden und wird für eine Weile ohnmächtig. Nach kurzer Zeit rappelt er sich wieder auf und bleibt noch einige Sekunden gegen die Wand lehnend im ersten Stock des Anwesens. Salomon ist ein seniler Soziopath mit einem psychopathischen Touch. Auch ihn haben die Umstände geschnitzt.

Die Gartentür geht auf und ein Applaus folgt wie auf Knopfdruck. Salomon geht begrüßend zum Podest und schüttelt einigen die Hände.

"Herzlich willkommen meine Familie! Alle wissen wie es heute ablaufen wird, zwanzig Uhr hohle ich euch hier ab!", spricht Salomon und beendet seine Rede mit, "Masel tov Ephraim!"

Die Gäste jubeln und starten anschließend das Festessen. Am Tisch der Familie Goldstein sitzen nur die Familienmitglieder. Die anderen Familien sitzen an separaten Tischen. Sara hat ein Gemälde gemalt, ein Familienporträt von einem der Gäste. Für Isaak Nussberg, einem engen Freund von Salomon.

"Isaak, das habe ich für dich gemalt! Es trägt den Namen *Nussbergs Vermächtnis*."

"Meine Güte Sara, du bist ein Talent, lass dich drücken!", spricht Isaak, drückt sie und gibt ihr einen Kuss auf die Stirn.

"Vielen Dank liebes, ich werde es, sobald ich zu Hause ankomme, aufhängen. Versprochen!"

Sara lächelt, verbeugt sich und begibt sich wieder zu dem Familientisch.

"Salo!", kommt Prof. Dr. Dr. Med. Rosenthal herbei.

"Wie ich sehe, geht es dir blendend! Deine Abwesenheit freut mich sehr. In zwei Monaten feiern wir meinen siebzigsten Geburtstag. Ich erwarte natürlich, das du auch kommst!"

Salomon antwortet mit leicht schielenden Augen, "Mir geht es absoluté blendend. Ja, natürlich werden wir kommen, stimmt's Rinah!", Salomon klatscht ruckartig Rinah auf den Hinterkopf. Sie nickt, Sara und Ephraim hinterher.

Nach dem großen Mahl begeben sich die Frauen ins Anwesen, während die Männer noch im Garten bleiben um sich mit dem Fortschritt der Pläne zu befassen. Alle Anwesenden gehören zu den höchsten Persönlichkeiten der westlichen Elite. Aber nur einige sind, wie man es in diesem Kreis nennt, die *Verdeckten*.

Salomon, Ezechiel Steinberg und Sen-Levin Bernstein. Ohne das Erbe Salomons und Clique wäre diese unglaubliche Macht in allen Bereichen des normal Bürgers nicht möglich.

Das Imur Verfahren hat dabei leider eine kleine Tücke hinterlassen. Die anschließende *Eingliederung* hat den entscheidenden Effekt dieser Persönlichkeiten gegeben. Ephraim ist nun als Nächstes dran.

Nach ausgiebigem besprechen, begibt sich Salomon zur verdeckten Tür im Garten. Die Anwesenden folgen ihm nach unten, während Ephraim von Salomon die Augen verbunden bekommt.

Das anschließende Ritual der Perversion soll dem Opfer, in dem Fall bei Ephraim, mehrere psychische Schäden verursachen unter anderem die unentwegte Gehorsamkeit und die absolute Loyalität gegenüber der Familie und Mittätern. Der Sinn ist es, die Lebensweisen der selbsternannten *Elite* weiter führen zu können. Dies ist die eben bereits erwähnte Tücke. Das nach hunderten von Jahren so etwas passiert, war vorauszusehen. Imur ist darauf angelegt, die perfekte Elite zu kreieren, bei der Loyalität an höchster Stelle steht. Mit Erfolg.

Das Missbrauchen Ephraims geht drei Stunden, währenddessen werden ihm Sprüche und Ritual Passagen eingehämmert. Nach etwa drei Stunden kommt das berüchtigte Ende. Gewalt bis zur letzten Träne, sind die Emotionen verschwunden, ist die *Eingliederung* abgeschlossen. Jeder Schlag wird mit der Zeit heftiger, bis keine Reaktion mehr vom Opfer heraussticht, trotz vollen Bewusstseins. Ab heute fängt ein neuer Abschnitt in Ephraims Leben an. Der Privatunterricht wird nun wegfallen, dafür bekommt er eine Reihe Bücher ausgehendigt. Es sind dokumentierte Vorgehensweisen und Pläne, die nach dem studieren die Weltanschauung verändern sollen.

Angefangen hat alles mit Sir David Bauer Sr. im Jahre 1676. Als Bauer fungierte er bis zu seinem zwanzigsten Lebensjahr, ab da an, fing er an Geldleiher zu beklauen und deren Vorgehensweisen zu dokumentieren. Auf dem Weg zum Adel traf er mehrere interessante Persönlichkeiten seines gleichen. Es gab eine Gemeinschaft unter dem Adel namens "Die Erwachten". Dieser schloss sich Bauer dann an. Durch die Macht der Gemeinschaft hatte er vollsten Zugang zum Staat und entschloss sich seither Goldstein zu nennen.

"Warum?", fragten sie ihn und er antwortete,

"Ich werde das Gold der Länder berauben und mit dem Zinses-Zins andere Staaten zur Knechtschaft zwingen."

Gesagt getan, durch das Wissen und Einfluss der Gemeinschaft, entschloss sich Goldstein Italien zu überfallen. Nach gut einem Jahr war der Krieg vorbei, die Menschen leer, Goldstein voll. Natürlich geht ein erheblicher Teil in die Gemeinschaft, denn sie öffneten die Türen zum geostrategischen Spiel. Goldstein, einst Bauer, wusste schon zuvor das es diese Gruppierungen gab, sein Urgroßvater hatte einen Freund, der im Feindes Reich Geldleiher war. Die Geschichten über ihn faszinierten David, obwohl der Urgroßvater von diesen Vorgehensweisen nichts hielt. Auch Davids Vater Peter gehörte zum Gutmensch und verachtete den Adel. David war da anders, durch ihn flossen groteske Ideen. Mit dem Wissen, der ersten Übernahme eines Landes, die Auswechslung politischer Positionen durch Freunde und der wirtschaftlichen Abhängigkeit der Bürger sprießten seine Vorstellungen ins Unermessliche. Für ihn war klar, das ist seine Bestimmung. Auch war klar, dass er es in seiner Lebenszeit nicht so weit bringen kann wie er sich es vorstellte. Daher fing er an Kinder zu zeugen. Sechs Kinder waren die Folge, alles Söhne.

Die Gesellschaft, die ihm das Wissen gab, wurde liquidiert. Volksverbrechen war das Motiv, ein Meisterwerk Goldsteins. Durch hinterhältige Vorgehensweisen und Machübernahme im eigenen Staat, welches zu der Zeit England war, geling es ihm die Gesellschaft aufzulösen. Es blieb also nur noch David, der sich recht schnell dazu entschloss, eine eigene Gesellschaft zu gründen. Einen Geldleiher aus Deutschland lernte er kennen, während er dort zu Besuch war. Besuche von ihm bedeuteten immer *Vorbereitung zur Übernahme.*

Sein bis zum Ende bester Freund Nathan war als einziger mit seinen Söhnen in der Gesellschaft. Nach ihm wurde Davids liebster Sohn benannt - Nathan Goldstein. Alle sechs Söhne hatten ihren eigenen vorgegebenen Plan, den sie ausführen mussten. Die Kinder zu überzeugen war das leichteste. David fing an sie im frühsten Alter zu richten, wie es ihm passte. Im Alter von 17-20 Jahren waren alle Söhne in Führungspositionen der Hausbank. In den Jahren bis zur ihrer Reife hat David weitere Länder überfallen und gleiches Prozedere durchgeführt. Zwei Söhne von Nathan haben einen Nachrichtendienst gegründet, welche in den eingenommenen Staaten die Zeitungen pressten. Der Goldvorrat hätte für die nächsten Jahrhunderte ausgereicht, wenn es nur um das Ernähren gehen würde. Die Könige sahen die Gesellschaft als größere Machthaber dar, konnten aber nicht viel daran ändern. Versuche etwas zu ändern zeigt die Geschichte, endeten Fatal. Exekutieren mit anschließender Geschichtsumschreibung voller Lügen. Das schlimmste was für die Welteroberer passieren kann, wäre, wenn die Öffentlichkeit darüber Bescheid wüsste. Daher ist Anonymität und im geheimen agieren ein Muss.

Im Alter von zweiundsiebzig Jahren bereitete David sein Endziel vor. Die Kinder loszuschicken um Bankhäuser in allen Nachbarländern zu errichten. Danach im eigenen Interesse weitere Länder überfallen um den Gewinn zur multiplizieren. Gesagt, getan. Die Söhne hatten selbst auch noch mal mehrere Söhne und das Ziel zur Weltübernahme waren keine Grenzen mehr gesetzt. Salomons Vater Balthasar legte den Grundstein für seine Söhne. Er sah in Salomon seinen Nachfolger, was bis nun auch eine sehr gute Entscheidung war.

Ephraims Bar Mitzwa war ein voller Erfolg, die Eingliederung scheint funktioniert zu haben. Eigentlich halte ich nichts von diesen Ritualen, aber die Erfolgsquote liegt bei schätzungsweise 90 Prozent, ein zu guter Wert. Ich habe ein paar Worte mit Jistach Rosenthal gewechselt, Salomon macht ihm Sorgen. Er erkannte bestimmte verdächtige Muster in Salomons Verhalten und Mimik. Salomon nimmt Überdosen von den Tabletten, so seine Vermutung.

Bis jetzt habe ich noch nichts gemerkt, Salomon ist immer noch zielfokussiert und strikt bei all seinen Handlungen. Mir gefällt seine Vorgehensweise bei bestimmten Problemen, die Art wie er völlig trocken seine Gedanken niederschreiben lässt, linguistisch perfekt, erstaunt mich immer wieder.

Ich vermisse meinen tatsächlichen Beruf. Für einen Goldstein zu arbeiten ist zwar spannender und abwechslungsreicher, jedoch auch sehr hermetisch, was eine totale Abwesenheit im Gericht zur Folge hat.

Kapitel 9 Sen-Levin & Eze-chiel

Sen-Levin, ein schmaler älterer Herr der auf seine 80 Jahre zugeht, kleidet sich meistens eher locker mit Hemd und feiner Hose. Seine Haare sind jeden Tag zurückgekämmt, erstaunlicherweise ist ein Haarausfall noch nicht bei ihm eingetreten, auch nicht bei seinem Goatee Bart.

Ezechiel ist vom Körper her das genaue Gegenteil, ein üppiger Kerl mit scharfem Blick, auch er knapp 80 Jahre alt. Seine Kleiderauswahl ist immer ausgefallen, wie etwa im purpurnen Anzug und Schuhe aus Krokodilleder, passend zu seinem grünen Ring – geschätzter Wert etwa 65 tausend Dollar.

Die beiden haben etliche Gemeinsamkeiten und Interessen, wie etwa den stark ausgeprägten Humor oder die Ansichtsweisen bei all den Aufträgen.

Kennengelernt hatten sie sich auf einer Veranstaltung zur Feier des zu der Zeit neu gewählten Vorstands einer riesigen Bank, der Koppenheimer Bank. Heute derweil Bankrott, früher ein Vorbild für all die kleineren aufblühenden Kleinbanken. Ezechiel saß alleine an einem Tisch und genoss eine Zigarre nach seinem Mahl. Sen-Levin, zu der Zeit

33 Jahre alt, hatte sein Feuer vergessen und ging herüber zu dem Tisch an dem Ezechiel saß. Auch Sen-Levin hatte nicht wirklich irgendwelche Bekanntschaften auf der Feier, die Einladung kam vom neuen Vorstand, den er aus Unizeiten noch kannte.

Am Tisch angekommen fragte er Ezechiel nach Feuer, er nickte und überreichte es ihm. Als Sen-Levin seine Zigarre herausrückte, starrte Ezechiel ihn angeekelt an und rief, noch bevor Sen die Zigarre anmachen konnte dazwischen, "Halt! Nimm eine von mir, frisch aus Trinidad!"

Sen-Levin schaute seine Zigarre an, wirft einen Blick auf Ezechiels Zigarre und schmiss seine auf den Tisch.

"Gerne.", antwortete er und griff zur Zigarre.

"Nach dem ersten Zug, wirst du fliegen gehen!", beide fingen an zu lachen. Langsam zündelte Sen an der Zigarre, bis er schließlich den ersten Zug genoss.

"Meine Güte, was verdammt nochmal ist das denn für ein schmackhafter Wunderstängel bitteschön!", er setzte sich in einen Stuhl neben Ezechiel und stellte sich vor.

"Sen-Levin Bernstein mein Name, Vorstand der Bernstein & Söhne Bank."

"Schön dich kennenzulernen, Erzuhan mein Name, kein Vorstand von irgendetwas. Ach doch,

Vorstand meiner Frau.", beide fingen wieder an zu lachen und klatschten ab, als kannten sie sich schon seit Jahren.

"Nein, im Ernst. Ezechiel Steinberg mein Name, Vorstand von der Steinberg & Steinberg Bank."

Beide verstanden sich außerordentlich gut, sie tauschten ihre Kontaktdaten aus und verabredeten sich zum gemeinsamen Abendessen.

Ezechiel schlug vor: "Wir können bei mir Essen, ich habe mich letzten Monat entschlossen ein Restaurant in der Nähe meiner Bank zu errichten, die Eröffnungsfeier findet nächste Woche statt, du bist herzlich eingeladen."

Sen-Levin akzeptierte den Vorschlag und die beiden unterhielten sich noch bis tief in die Nacht.

"Senny, ich freue mich dich kennengelernt zu haben, wir sehen uns nächste Woche!"

"Die Freude ist ganz meinerseits, bis nächste Woche Ezech!"

Beide gaben sich die Hände und stiegen in ihre Limousinen.

Die Lichter der Eröffnungsfeier sprossen in den unterschiedlichsten Farben. Ein großes Licht, blinkend in Rot und Lila schrieb *Steinberg's Palast*. Der Gastgeber, Ezechiel, im roten Anzug und purpurnem Hemd, begrüßte seine Gäste und wünschte allen einen guten Appetit. Alle klatschten und stoßen mit dem kostenlos ausgeschenkten Wein an.

Sen-Levin saß mit seiner Frau und zwei Kindern an einem speziellen Platz im Restaurant, neben einem Aquarium. Über dem Tisch, eine runde Deckenleuchte, aus Gold.

"Senny, ich hoffe dir gefällt der Aufenthalt! Viel Spaß dir und deiner Familie. Könntest du nach dem Essen kurz zum Tisch dort drüben kommen? Ich habe etwas vorbereitet, eine Überraschung!"

Sen-Levin reichte Ezechiel die Hand, grinste und nickte. Drei Kellnerinnen servierten der Familie die feinsten Köstlichkeiten als Vorspeise. Eine Kartoffel-Rahm Suppe, Brot, ein Gemüseteller und Kräcker.

"Hey, siehst du den Mann, der da gerade herein kommt? Ich habe gehört seine Familie ist für all den Geldfluss hier in den Staaten zuständig.", sprach jemand an einem anderen Tisch.

Ein junger Bursche, Mitte 20 kam herein. Er trug einen grauen Anzug und weinrote feine Schuhe, in seiner Hand - ein Koffer. Er ging ohne sich umzuschauen an einen freien Tisch, setzt sich hin und packt einen Stapel Papiere aus.

Ezechiel wunderte sich, er konnte sich nicht erinnern ihn eingeladen zu haben also begab er sich an seinen Tisch.

"Guten Abend der Herr, kann ich ihnen helfen?"

Der junge Mann, mit gesunkenem Kopf, antwortete, "Machen sie mir das komplette Paket, Vorspeise, Hauptgericht und so weiter, ich bleibe noch eine Weile."

Ezechiel war etwas verwirrt, ließ aber dennoch die Kellnerinnen antanzen. Er begab sich wieder an seinen Tisch und beobachtete den Herrn eine Weile. Eine der Kellnerinnen kam zu Ezechiel und berichtete ihn etwas Ungewöhnliches, "Chef, der nicht eingeladene Gast wünscht, dass sie sich zu ihm setzen."

Nach einem kräftigen Schluck Wein stand er auf und ging rüber zu dem Tisch.

"Ich kenn dich.", sprach der Herr.

"Sind wir also schon per du. Dann stell dich mal vor, ich weiß immer gerne mit wem ich rede."

Der Herr schaute Ezechiel an, schweifte seine Blicke durch den Raum und antwortete, "Ich stelle hier die Anweisungen. Du hast einen enormen Schlag nach oben gemacht in den letzten Monaten, so stark, dass ich mich gezwungen sehe dich einzuladen. Erscheine morgen Nachmittag hier.", er zückte eine Visitenkarte aus seinem Anzug und schob sie über den Tisch zu Ezechiel.

Auf der Karte stand *G & G Finanzierung* und die Adresse.

"Nun lass mich speisen, ich habe noch einiges zu tun.", sprach der junge Herr.

Ezechiel nickte, stand auf und begab sich wieder in Richtung Familientisch. Die ganze Zeit über beobachtete Sen-Levin die Unterhaltung. Nach dem Essen ging er wie erwünscht zu Ezechiel.

"Ezech, wer ist dieser Typ?"

"Ich habe absolut keine Ahnung, was ich weiß ist, das er wohl denkt er wäre der Boss der Stadt. Er kann froh sein, dass er mein Gast ist, der Bastard. Hält sich hier auf, als wäre es seine Eröffnungsfeier. Er hat mir seine Karte gegeben, ich soll morgen zu ihm. Scheint, dass er meine Filialen beobachtete. Lust mich zu begleiten?", fragte Ezechiel.

"Sehr gerne, wir treffen uns hier. Nun aber zu der Überraschung, spann mich nicht auf die Folter!", sprach er mit einem Lachen.

Ezechiel zeigte auf die Mappe, die auf dem Tisch lag. Ein edles Stück verziert mit dem Familien Wappen der Familie Steinberg. Sen-Levin schaute erschrocken abwechselnd auf die Mappe und zu Ezechiel, der mit einem breiten Grinsen drauf zeigt und ihn bittet, die Mappe zu öffnen.

Sen zog die Mappe zu sich und streifte mit der Hand einmal drüber, "Schönes Material, eins deiner Krokodile?", beide lachten.

Er öffnete die Mappe und dieses Mal begrüßten ihn beide Familienwappen, diesmal in Farbe. Darunter stand, in Tinte geschrieben *Fusionsvertrag.*

Sen-Levin schloss sofort wieder die Mappe, stand auf und reichte Ezechiel die Hand.

"Seit unseren ersten Worten wusste ich, dass es kein Zufall war, dass wir uns trafen. Mit vollstem Einverständnis stimme ich dem Vertrag zu."

Ezechiel stand auf, schüttelte seine Hand, zog ihn zu sich und umarmte ihn.

"Eigentlich vertraue ich keinen so schnell, aber bei dir ist es anders, wir denken gleich. Nimm die Mappe ruhig mit nachhause und schau alles nochmal in Ruhe durch, sind alles die üblichen Konditionen und Einverständnisse. 50/50 selbstverständlich."

Sen-Levin öffnete sofort die letzte Seite und unterschrieb den Vertrag mit dem an der Mappe hängenden Stift. Ein Pfiff ertönte und Ezechiel schwank mit einer Hand, "Wein!". Eine Kellnerin brachte den Wein und die beiden stoßen an.

"Auf unsere Partnerschaft!", die Gläser wurden geext.

Am nächsten Tag trafen sich die beiden wie abgemacht und machten sich auf den Weg zu dem jungen G & G Herrn. Die Adresse führte zu einem Wolkenkratzer, der größte in der Stadt.

"Hmm? Wo führst du mich hin Ezech? Sag bloß…"

Ezechiel wusste nicht, wovon Sen redete, er hat ja erst seit wenigen Monaten seine Filialen in dieser

Stadt.

Sen fuhr fort, "Ich glaube, das Schicksal meint es gut mit uns, mein Freund."

Die beiden gingen hinein und eine Dame kam wenige Sekunden später und begrüßte die beiden.

"Sie müssen Herr Bernstein sein, ihr Begleiter wurde aber nicht eingeladen. Entschuldigen sie mich bitte kurz.", die Dame verschwand für einen kurzen Augenblick und kehrte dann wieder zurück.

"Folgen sie mir bitte."

Sen und Ezechiel folgten der Dame in den Aufzug und sie drückte auf das oberste Stockwerk. Klassische Musik verschönerte die Fahrt nach oben. Der Aufzug hatte einen Ausblick nach draußen, die Dame schaute mit einem leichten Lächeln nach draußen und genießte die schöne Stadt. Erst nach etwa 50 Stockwerken konnte man die Stadt sehen, die etlichen anderen Wolkenkratzer hatten die Sicht gestört.

"107. Stock", ertönte eine Stimme aus den Lautsprechern des Aufzugs.

"Folgen sie mir bitte.", sagte die Dame.

Die drei gingen einen Gang entlang, an den Seiten hingen Portraits und Bilder von Schlössern. Ein edler brauner Teppich führte geradewegs zu einer Tür, größer als alle anderen in dieser Etage. Vor dem Raum war ein kleiner Aufenthaltsbereich

mit einer Couch, zwei Sesseln und einem Marmor-
tisch.

"Setzen sie sich bitte, sie werden gleich empfangen. Wünschen die Herren derweil etwas zu
trinken?"

Beide verneinten höflich und saßen sich hin.
Die Dame verschwand, Ezechiel und Sen-Levin
unterhielten sich solange.

"Ich bin gespannt, was dieser Typ zu sagen hat,
er meinte, er wäre *gezwungen mich einzuladen*, was
auch immer das heißen mag.", sprach Ezechiel.

"Oh Ezech, wenn das so abläuft wie ich denke,
dann bist du bald in ganz anderen Kreisen wiederzufinden!"

"Du meinst wohl, dann sind wir in ganz anderen Kreisen wiederzufinden.", Ezechiel grinste und
holte zwei Zigarren aus seinem Anzug.
Beide zündeten sich die geschmackvollen Zigarren
an und der Vorraum füllte sich so langsam mit
einem Duftgemisch aus Parfüm und Rauch. Nach
etwa 15 Minuten öffnete sich die Tür und ein großer Herr, schwarze Haare und schwarzem Anzug
bat die beiden herein. Es war nicht derselbe Herr,
der sich im Restaurant breit gemacht hatte. Beide
traten ein, der Raum war riesig aber nicht nichts
Außergewöhnliches für die beiden, sie kamen ja
aus den gleichen Verhältnissen. Einzig und allein
das Gemälde hinter dem großen Tisch, wo der

Gastgeber saß, war ausgesprochen interessant. Auf dem Bild sah man den jungen Herrn in einem Stuhl, hinter ihm ein weiteres Gemälde mit einem älteren Herrn auf einem Stuhl, hinter ihm ein weiterer Herr in einem Stuhl. Vom Vater zu Sohn Tradition verbildlicht.

Der Gastgeber schüttelte die Hände der beiden und bat sie, sich auf die beiden Stühle vor seinem Tisch hinzusetzen. Der längliche Herr setzte sich neben den Gastgeber hin.

"Wie ich sehe, kommst du nicht alleine?", sprach der Gastgeber.

"Wie ich sehe, bist du auch nicht alleine. Wie wäre es erst mal mit einer Vorstellung.", sprach Ezechiel.

"Mein Name ist Sen-Levin Bernstein, Gründer und Vorstandsvorsitzender der Bernstein & Söhne Bank, mit weit über-", der Gastgeber führt die Rede fort:

"Mit weit über 70 Filialen verteilt über zwei Kontinente. Gesamtumsatz der letzten vier Quartale – etwa 350 Milliarden Dollar."

Ezechiel und Sen-Levin schauten sich verwirrt gegenseitig an.

"Ich sitze nicht umsonst in der größten Stahlschachtel auf diesem Kontinent."

Sen-Levin sprach auf, "Sie sind Salomon Goldstein, Erbe des weltweit größten Vermögens, Mitgründer der Zentralbank der Vereinigten Staaten. Ihr Vater entsandte sie und ihre Brüder aus um die Macht der Familie weiter auszuweiten, genau wie ihr Großvater davor schon, aber sie haben nicht nur das erledigt, sondern den kompletten Geldfluss eines Kontinents unter ihren Namen gebracht, verflochten und vertuscht unter unzählige Großbanken anderer Familien. Schön sie endlich persönlich kennenzulernen."

Salomon Goldstein schaute überrascht zu seinem Partner und nickte.

"Duze mich, auch dich habe ich auf meiner Liste der zu einladenden aufsteigenden Personen. Sogar kurz nach deinem Freund, Bernstein. Was für ein Zufall aber auch."

Ezechiel lächelte und fragte, "Nun ja, da wir uns ja nun kennen, wer ist der riesige Typ neben ihnen?"

Salomon schaute etwas angereizt, "Das ist Jake Rosenbaum, mein persönlicher Berater. Er war es, der die Bilanzen eurer Banken kalkuliert und ausgewertet hatte. Ihm könnt ihr es verdanken, dass ich auf euch aufmerksam wurde. Alleine hätte ich euch unter meinen Aufträgen völlig aus den Augen verloren."

Sen-Levin stand auf und schüttelte die Hand von Jake, Ezechiel anschließend auch.

"Hmm, eine Rosenbaum Bank kenne ich nicht, agierst du unter einem anderen Namen?", fragte Sen-Levin.

"Ich bin kein Banker, sondern Anwalt. Seit ein paar Jahren tätig für unterschiedlichste Aufgaben der Familie Goldstein."

Die vier Herren unterhielten sich noch eine Weile über all die erbrachten Leistungen und gingen schließlich zu dem eigentlich Grund der Einladung über.

"So meine Herren, das ist hier eine verzwickte Lage. Geplant war, Ezechiel Bernsteins Genialität anzuheuern. Nun sitzen hier aber zwei."

"Sen-Levin und ich sind neuerdings Geschäftspartner, wir haben uns vereint. Eine Fusion fand statt, heißt, was du mir heute anbietest, bietest du uns beiden an."

Salomon dachte eine Weile nach und fuhr fort:

"Europa. Ich brauche eine Person, die es würdig ist die neue Zentralbank zu führen. Kommissionsmitglieder und alles andere organisatorische sollte diese Person dann selber planen. Wir hatten letzten Monat das Einverständnis der Regierungen zu unseren Gunsten geschaltet. Ein paar Freunde die in entscheidenden Schlüsselpositionen sitzen, ermöglichten uns dieses. Bis zum Bau des neuen Hauptquartiers stellt die EU eins ihrer alten Verwaltungsgebäude zu Verfügung. Diese Person untersteht immer noch den Einflüssen der Vereinigten Staaten, entscheidet aber unabhängig an wen und an wen nicht Kredite vergeben werden. Der Restablauf sollte klar sein. Da ihr beide ja nun fusioniert seid und ich schnellstmöglich jemanden brauche, stellt sich nun die Frage, ja oder nein?"

Salomon und Jake verließen den Raum, damit die beiden ein wenig Zeit zum Besprechen hatten.

"Was sagst du dazu?", fragte Ezechiel, immer noch etwas geschockt von der Ansprache Salomons.

"Ich sage, wir haben gewonnen, mein Freund!", beide sprangen auf und schüttelten sich die Hände.

"Wir haben gewonnen, Senny!"

Nach etwa 10 Minuten kommen Salomon und Jake wieder herein.

Ezechiel und Sen-Levin standen auf und reichten Salomon die Hände.

"Das freut mich, die Einzelheiten und sonstige Informationen werden die Tage folgen, Jake wird euch schnellstmöglich kontaktieren."

Die vier Herren verabschiedeten sich. Als die zwei neuen Zentralbanker den Raum verließen, fing Salomon an Jake um etwas zu bitten.

"Dieser Sen-Levin, starte auch bei ihm eine Forschung. Ich weiß nur das er noch einen Bruder hat, aber weiteres wirst du ja herausfinden."

Jake nahm den Auftrag an und begab sich auch aus dem Raum. Salomon ging zum Fenster und schaute hinaus. Seine Gedanken flossen, "Die Sozialisierung wird perfekt bei den beiden einschlagen. Auf der Koppenheimer Feier hatten sie sich prächtig amüsiert, ihre Bilanzen weisen auch enorm gute Führungseigenschaften auf. Die Kreditanfragen überhäuften sich bei den beiden ins Unermessliche. Das war ein guter Schachzug, Salo, ein sehr sehr guter. Sympathisch schienen die beiden auch noch so zu sein. Ich sollte sie in den nächsten fünf Jahren mal zum Anwesen einladen, wenn sie sich bewiesen haben. Mal schauen wie es sich entwickelt."

KAPITEL 10 NACH-RICHTEN

Salomon und Clique sind an einem Punkt angelangt, wo eventuell nur noch Gewalt eine Lösung wäre um Europa stabil in der Union zu halten, auch um die NATO weiterhin führen zu können. Der Rat der 10 entscheidet meist über Wochen über all die Dinge die im Interessensbereich der Elite stehen. Sie schreiben Expertisen und übergeben diese dann den politischen Ausführern oder den Geheimdiensten.

"Nein nein Salo, keinen Finanzkrieg diesmal.", erklärt Isaak Nussberg.

"Einen Terrorangriff in der Stadt der Städte. Brüssel, Europa.", sagt Salomon.

Der runde Tisch klatscht und feiert Salomon zu dieser Entscheidung. Auf den Tag haben sie alle gewartet. Die Zeit scheint wohl reif zu sein.

Salomon macht sich nach der Sitzung wieder auf den Weg zu seiner Limousine, um anschließend seiner Sekretärin den Auftrag zur Einladung des Geheimdienstchefs zu erteilen. Umso größer die Krise, umso leichter ist es fragwürdige Gesetze durch das Parlament zu ziehen. Das haben Machthaber schon recht früh erkannt und meist mit Erfolg durchgezogen. Unter den meisten Intellektuellen ist dies natürlich alter Tobak. Literaturwerke wurden geschrieben und verwertet, sogar als Blaupause werden sie heute noch benutzt. Das *Teile und Herrsche* Prinzip ist selbstverständlich eines der Hauptinstrumente, denn streiten sich zwei, freut sich der dritte, um es ganz simpel auszudrücken. Im Laufe der Zeit haben sich durch die immer wachsenden Möglichkeiten des industriellen Fortschritts auch unzählige andere Methoden entwickelt, erdacht von den großen Denkern der runden Tische. Geheimdienste sind nicht mehr nur dazu da um Spionage zu vollziehen, nein. Verdeckte Kriegsführung, Manipulation durch systematisches diffamieren einer Gegenmeinung, Kontrollnetzerweiterungen oder etwa Regierungsumstürze sind nur einige Bereiche der Geheimdienste, ganz speziell des CIA's. Sie planen und führen Aufträge aus und das meistens mit Erfolg. Sollte mal etwas schief laufen, dann sind die gleichen Netzwerke am Werk um die Fehler zu vertuschen. Kriege führen z.B. funktioniert nur, wenn die Bevölkerung mental mobilisiert wird. Durch die Hilfe der Leitmedien ist dies möglich.

Einen Haken hat das Ganze. Das Internet. Immer mehr Menschen verlassen sich nicht mehr auf die Meinungsbildenden Medien und recherchieren auf eigene Faust. Als Gegenattacke werden sogenannte *Shills* eingesetzt. Sie verbreiten halb-Wahrheiten im Internet, somit fällt eine objektive

Faktenbeobachtung schwerer. Zur Not steht auch das Militär bereit, sollte es zu massiven Aufständen kommen. Noch sind es zu wenige, welche Aufstehen und rufen, *Hört auf!*. Das schlimmste Szenario für die Interessenscliquen wäre es, wenn Parlamentarier und real Politiker sich gegen sie wenden. Aber wer stellt sich schon gegen die Geldgeber und riskiert vielleicht alles Erarbeitete?

Einige hatten es schon versucht und bezahlten meist mit ihrem Leben oder wurden derart diffamiert, dass ihnen keiner mehr glaubte. Dazu ein Zitat eines großen Denkers und Geopolitikers:

"Wer die Lebensmittel kontrolliert, herrscht über die Menschen. Wer die Ressourcen kontrolliert, herrscht über Staaten. Wer das Geld kontrolliert, herrscht über die Welt."

Alle drei Bereiche werden in der westlichen Welt von Privatpersonen kontrolliert und gelenkt, wie z. B. von Salomon Goldstein und Clique. Sie verstecken sich hinter dem Deckmantel von Organisationen, Banken, Konzerne, Stiftungen oder sonstigen staatlich anerkannten Institutionen. Selbst einst staatliche Organisationen, seien es Banken oder gar Strukturschaffende Ämter haben ihre Souveränität durch die Privatisierung verloren. Im Grunde genommen, müsste die Bevölkerung ihr Augenmerk nur auf diejenigen richten, die immer groß nach *Privatisierung* schreien. Dazu müsste die

Bevölkerung aber erst aus dem ewigen Unterhaltungskreis austreten. Schrittweise erzielt die Bevölkerung schon Erfolge, um das große Bild aber komplett abzuhängen, fehlt es noch an Initiativen der Masse, oder einem Multimilliardär der sich bereit erklärt zu helfen, aber wie sagt man so schön, die Hoffnung stirbt zuletzt. Manchmal läuft nicht alles nach Plan, deshalb gilt es nach zu richten. Nicht nur die Bevölkerung muss angepasst werden, auch die Politiker. Gerade sie, denn ohne ihr Einverständnis hätten es Salomon und Clique niemals so weit geschafft. Auch wenn viele Persönlichkeiten hohe Ämter besetzen, alle Regierungen einzunehmen wäre viel zu Zeitintensiv. Die vereinigten Staaten reichen vollkommen aus. Die Macht des Geldes richtet bekanntlich den Großteil der Menschen. Die Macht, Geld zu drucken, das ist was die Finanzelite anstrebte, mit Erfolg.

KAPITEL 11 11:54 UHR

Ein wunderschöner sonniger Morgen beschert den Menschen auf den Straßen ein Lächeln auf dem Gesicht. Man sieht ihnen an, dass das gute Wetter ihre Arbeitsmoral steigen lässt. Grüppchen unterhalten sich über die letzte Show, die Sonntags im Fernsehen lief, der Bäcker verteilt mit einem Lächeln seine Brötchen und Pärchen verabschieden sich um getrennte Wege zu ihrer Arbeit zu gehen.

Am Brüsseler Hauptbahnhof sind früh morgens immer Menschenmassen zu beobachten, alle Eilen sie um rechtzeitig zu ihrer Arbeit zu gelangen. Das Radio ertönt in einem Kiosk im Hintergrund:

"Es ist Punkt 11 Uhr und hier sind Morgennachrichten. Iran: Flugkonzern Air Iran verkündete am Freitag das sie mit sehr hoher Wahrscheinlichkeit 2018 mit dem Bau eines selbstfliegenden Flugzeugs beginnen werden, die Planung verliefe schon seit 2013. Polen: Bei einem Autounfall kam es zu 4 Tote, darunter zwei Belgier. Die Unfallursache ist noch unklar. NATO: Um die Aggressionen seitens Russlands zu vermindern haben sie Vereinigten Staaten von Amerika beschlossen weitere 150 Panzer Richtung Ost Europa zu versenden, ein Sprecher der NATO verkündete dies am Freitag. Isaak Nussberg Zitat, "Die Annexion eines Nachbarlandes ist unerhört, wir werden unseren europäischen Freunden soweit wir können unter die Arme greifen, um die Expansionsgelüste Russlands zu vermindern.", Zitat Ende. Das waren die Nachrichten, wir wünschen noch einen schönen Tag und beginnen ihn am besten mit Jason Detrux und seiner neuen Hit-Single *Please don't stop*."

Ob jemand dieses Gemurmel aus dem Radio gehört hat oder nicht ist völlig egal, es wird sowieso noch ein paar Mal wiederholt, per Print-Medien, Radio oder TV.

Am Bahnhof verläuft alles recht ruhig ab, außer das zwei Männer verdächtig lange mit zwei Koffern an den Warteplätzen stehen. Alle Züge sind schon per Schaffner Pfiff abgefahren, die nächsten Züge kommen in einer drei viertel Stunde an und fahren die gleichen Wege wie die Züge zuvor. Sie schauen einfach durch die Gegend und das seit gut 2 Stunden. Bei einem von ihnen klingelt das Handy. Die Sprache scheint Nah-Östlichen Ursprung zu haben, der Sprecher schaut während des Gesprächs immer wieder seinen Kollegen an und nickt.

Ein älteres Ehepaar setzt sich auf die Bänke neben den zwei Herren und redet über die Enkelkinder, welche sie besuchen wollen, einer von den

Kindern hat wohl bald Geburtstag. Die zwei Männer sind mittlerweile wieder verschwunden, vielleicht waren sie sich doch nur Unsicher welchen Zug sie nehmen müssen.

Die nächste Ladung Züge kommt so langsam an, aus Deutschland, Frankreich und den heimischen Städten Belgiens. Wieder füllt sich der Bahnhof mit Menschen.

"Wann sehen wir Papa?", fragt ein kleines Mädchen ihre Mutter, welche verzweifelt versucht ihre Tochter unter Kontrolle zu halten in der Menschenmasse.

"Nicht mehr lange mein Kind, wir nehmen am Haupteingang ein Taxi und dann nur noch ein paar Minuten Schatz."

Vor dem Eingang warten zig Menschen auf ihr Taxi, der Rest wartet auf die nächste Zugverbindung oder sind schon auf dem Weg Richtung Busbahnhof um die Ecke.

Ein Obdachloser versucht sein Glück um ein paar Euro zum Überleben zu ergattern, "Scher' dich weg!", vertreibt ihn ein Mann im Anzug.

Ein jüngerer Bursche wiederum gibt ihm zwei Euro mit den Worten, "Bitte kein Alkohol damit kaufen!"

"Mama wo bleibt unser Taxi?", fragt das kleine Mädchen immer noch voller Vorfreude endlich ihren Vater wieder zu sehen.

"Er müsste gleich da sein, mein Scha…"

Eine riesige Explosion findet statt, ein Knall, den man wahrscheinlich in all den Nachbarstädten noch hört. Eine Bombe geht hoch, inmitten des Bahnhofs. Die Explosion ist so stark, dass sie von den Gleisen bis zum Haupteingang alles auf dem Weg mitnimmt. Die Decken brechen zusammen, die Menschen darunter höchstwahrscheinlich tot oder so schwer verletzt das man sich den Tot wünschen würde. Geschreie von allen Seiten, laufende Menschenmassen, Sirenen von Krankenwagen, Feuerwehr und Polizeiwagen ertönen so laut wie noch nie in der Stadt. Ein Polizist läuft mit einem Megafon herum und versucht die Menschen zu beruhigen, "Alle in meine Richtung so schnell es geht, wir dürfen keine Zeit verlieren, Angehörige von Verletzten bitte sofort den Bahnhof verlassen, die Feuerwehr und Ärzte werden sich um sie kümmern!"

Die Menschen werden von den Sicherheitsleuten vom Tatort verschleppt, aus Angst das die brennenden Balken des Bahnhofs das komplette Gebäude einbrechen lässt. Der Anblick von verstümmelten Gliedern und schreienden Familien lässt die Außenstehenden, die das ganze unversehrt beobachten konnten, weinend und in Schrecken zurück. Ein solch schreckliches Ereignis sieht man nicht alle Tage mitten in Europa. Es vergeht

88

eine Stunde, die Anzahl der Opfer wird auf etwa 150 Tote und 80 Verletzte geschätzt. In den Radios wird eine Terrorattacke vermutet.

Der Präsident Belgiens tritt kurz nach den Ereignissen im Fernseher auf mit den Worten, "Die Täter werden wir finden und bestrafen und wenn wir jede Ecke der Welt durchsuchen. Auch die Strippenzieher hinter dieser Aktionen werden wir suchen, keiner, der mit dieser Sache zu tun hat soll unverschont davon kommen!"

Auch die Präsidenten der Nachbarstaaten zeigen Mitgefühl und werden sich der Suche nach den Tätern anschließen.

Der Präsident Frankreichs fordert unverzüglich eine Schließung der Grenzen und eine strengere Kontrolle. Englands Premier schließt sich dem an. Die EU wird in den kommenden Tagen eine Notsitzung einberufen, um die Gesetzeslage Europas neu zu planen. Auch der amerikanische Präsident teilt sein Mitgefühl mit den Opfern und versichert den Europäern alles in seiner Gewalt einzusetzen, die Täter zu finden.

Ein Radiosprecher Belgiens hält eine Ansage:

"Eine Tragödie erreichte uns heute, ein Terroranschlag inmitten des Hauptbahnhofs in Brüssel. Feige Menschen haben diese Tat vollbracht und dafür werden sie büßen. Die Staaten Europas teilen ihr Leid mit uns, dafür bedanken wir uns herzlich.

Wir hoffen sehr, dass solch eine Tat nie wieder zustande kommen kann."

In der Minute als die Ansage beendet wurde ertönt ein weiterer Knall. Eine weitere Explosion in der Stadtmitte, lauter als die am Bahnhof. Ein Kaufhaus ist es diesmal, ein Zusammenbruch des Gebäudes dauert nicht lange, die Sprengstoffe wurden wie es scheint höchst präzise angelegt. Dasselbe Spektakel schon wieder, ein Elend aus schreienden, weinenden Menschen. Ein Anblick wie aus der Hölle. Polizei, Feuerwehr und Krankenwagen müssen aus den Nebenstädten herbeieilen, da die Kapazitäten durch die Bahnhofsattacke völlig ausgelastet sind. Der amerikanische Präsident hält wieder eine Ansage:

"Welch' grausame Stunden die Belgier heute erleben müssen, wer ist in der Lage solch ein Debakel anzurichten ohne Mitleid den Menschen gegenüber. Diese Täter werden wir schnappen, komme was wolle, wir haben Informationen das sich höchstwahrscheinlich Nahöstlich stammende Personen hinter diesen Attacken stecken. Die Strippenzieher sind vermutlich die gleichen, die wir seit einem Jahrzehnt bekämpfen und die Angriffe auf ihre Stellungen werden wir nun noch härter angreifen, sodass sich keiner mehr von ihnen traut nur einen Schritt vor die Tür zu machen. Im Namen der amerikanischen Bevölkerung bedauern wir alle

90

diese Taten und beschwören ein Ende dieser Misse-
täter."

Um genau 11:54 Uhr und 13:03 Uhr änderte
sich die Welt in Europa, die Freiheit nach diesen
Taten wird immens eingeschränkt werden.

KAPITEL 12 DIE GROßE FEIER

Salomon sitzt in seiner Limousine auf dem Weg zum Schloss Liechtenstein. Eins der Schlösser, welches die Familie Goldstein über die Jahrhunderte erbaut hat. Neben ihm sein Berater Jake.

Es ist ein großer Abend geplant, Milliardäre, Militäroffiziere, einige auserwählte Politiker und Sicherheitsberater veranstalten eine spontane Feier auf Kosten Salomons.

"Weißt du Jake, das wird ein großer Abend. Nicht nur für mich, sondern auch für dich. Ohne deine Hilfe über die letzten Jahre, hätte ich es wahrscheinlich nicht so schnell geschafft mein Vermächtnis zu meinen Lebzeiten zu erreichen, aber wir treten dem Ziel immer näher. Ich schenke dir nächste Woche ein Anwesen, zwei Städte von Blackstone entfernt. Somit kannst du wann du willst bei uns vorbeischauen. Des Weiteren erhältst du einen Zuschlag von fünf Milliarden Dollar pro Halbjahr, somit kommst du auf zwanzig im Jahr, wenn ich mich recht erinnere. Als dein persönlicher Finanzberater, du hast richtig gehört, ich werde mir für dich Zeit nehmen, werden wir dein Vermögen mindestens verfünffachen."

Jake ist geschmeichelt und zugleich unfassbar erstaunt. Salomon ist eigentlich ein Mann für sich.

Einer, der sich nur um seine Blutsfamilie kümmert und selbst da hakt es an einigen Stellen.

"Vielen Dank Salomon aber das wäre nicht nötig gewesen…", Salomon unterbricht Jake, "Es war nötig, lange genug habe ich dich nicht ehrenvoll genug behandelt. Der Tag der Abrechnung ist heute.", Jake könnte das Geld niemals ausgeben, einen anderen Zweck als Familienvermächtnis hat er auch nicht, aber solange er weiterhin bei Goldstein arbeiten darf, nimmt er alles an, was ihm gegeben wird.

Auf der Feier werden auch Sen-Levin Bernstein und Ezechiel Steinberg anwesend sein. Die beiden Familien haben den Konferenzraum für sich beansprucht, Hauptveranstalter Goldstein ist natürlich mit bei der Partie. Eigentlich ist die Anwesenheit des Beraters Jakes nicht erwünscht bei den beiden Familien, aber Salomon besteht darauf. Jake gehört nicht zu den hochgeborenen, seine Position als Berater vom höchstwahrscheinlich mächtigsten Mann der Welt kam nicht über Nacht.

Sein Jurastudium bezahlte er selber, für seine eigene Kanzlei sparte er Jahre. Eine Bankiersfamilie hatte sich den feinen Herrn ausgesucht aus Verzweiflung und Geldnöten.

Jake gewann den Fall und bereicherte die Familie mit sage und schreibe 3,4 Milliarden Dollar. Die Ankläger waren Erzfeinde dieser Bank, zu dem

Zeitpunkt auch ein Dorn im Auge von Salomon. Er bekam es natürlich mit und fragte sich, wie konnte man alleine gegen diese Giganten ankommen? Ein ganzes Team aus Anwälten hätten solch eine Summe nicht herausschlagen können. Salomon ließ Jake ein paar Monate beobachten. Er heuerte ein Team von Beobachtern an, um Jakes Vorgänge bei Fällen zu analysieren. Es stellte sich heraus das Jake ein außerordentliches Genie ist, seine Gedankengänge waren so raffiniert gestaltet und in Worte gefasst, dass selbst Richter und Staatsanwälte an seiner Genialität verzweifelten. Nach ungefähr zwanzig gewonnenen Fällen war für Salomon klar, der alte dekadente Berater Shlom musste ausgewechselt werden, Jake muss an seine Seite. Ein Treffen im hauseigenen Restaurant, einem Briefcouvert und einer Flasche Wein später war die Sache geklärt.

Natürlich wurde Jake nicht sofort in die ganze Sache der *Weltordnung* eingeweiht, jedoch merkte er schnell, dass er für einen ganz skurrilen Zweck arbeitet. Aufträge über Konkursanmeldungen von Firmen, welche eigentlich noch ordentliche Profite abwarfen, Anmeldungen von hunderten Privatpersonen bezüglich Scheinfirmen oder etwa Anträge zur Spaltung ganzer Konzerne welche überhaupt nicht im Zusammenhang mit Goldsteins eigentlichen Tätigkeiten zu tun haben gehörten nur zu einigen seiner Anfangsarbeiten. Gearbeitet wurde auf einer Insel in einem Büro mit wundervollem Meerblick, einer Assistentin die einem jeden Wunsch vom Munde abliest und einem Chauffeur welcher von morgens bis abends auf Abruf zur Verfügung stand. Die von Goldstein gesponserte Villa nicht zu vergessen, Personal inklusive. Seiner Frau erzählte Jake nicht viel über seinen Job für Goldstein, sie war einfach froh über die neue Umgebung für ihre Kinder. Privatlehrer standen täglich auf der Matte, ein Leben voller Luxus und Gemütlichkeit, wer fragt da schon zweimal nach? In den kommenden Jahren lernte er auch Sen-Levin und Ezechiel kennen, jedoch hatten sie nie ein Verhältnis, von dem man behaupten könne: Golfpartner fürs Leben.

Die beiden verstanden Goldstein nicht, einen zufälligen Anwalt in die Angelegenheiten einer so brisanten Sache einzuweihen sei verrückt. Goldstein jedoch ließ sich nie beeinflussen von der Meinung der beiden, er wusste, dass Jake ein Gewinn für den großen Plan sei. Natürlich hatte er auch für den umgedrehten Fall gesorgt und eine Familienforschung veranlagt, sollte es zu Plaudereien kommen käme es ganz schnell zu "Unfällen". Glücklicherweise blieb es still in den Gewässern. So still, dass Goldstein schon nach ein paar Jahren entschloss Jake in die Sache einzuweihen.

Jakes Antwort darauf war, "Es war mir klar, dass es in solch eine Richtung geht aber nicht in solchen Ausmaßen. Das ist beeindruckend, Salomon, vielen Dank für dein Vertrauen in mich und meinen Expertisen, ich werde dafür sorgen das alles immer nach Plan laufen wird."

Jake hielt sein Wort, über Jahrzehnte. Daher auch das großzügige Geschenk von Salomon. Wer nach so langer Zeit kein Vertrauensbruch begeht gehört zur Familie, so Goldstein.

Die Einsatzfelder wurden über die Jahre immer vielfältiger, die repräsentativen Vorstände der Zentralbank in den Vereinigten Staaten, welche über die Jahre immer geändert wurden, waren auf Geheiß Jakes ins Amt berufen worden. Der Bankenausschuss und dessen Rat ebenfalls. Einige hohe Positionen hier, einige Schlüsselpositionen da, Jakes Auswahl und Empfehlungen waren so gut wie immer im Einklang mit Goldstein. Natürlich gab es auch Aussetzer, diese wurden aber schnell wieder *ausgemerzt*, also nichts was je das Vertrauen von Salomon beeinträchtigte.

Jake interessierte sich nie über irgendwelche Firmen- oder Banköffnungen, obwohl er so sein Vermögen um ein vielfaches Erhöhen könne. Ihm sind Problemlösungen oder etwa Kontrolle viel wichtiger. So war er einer der Haupttäter, als es um den letzten Wirtschaftscrash ging. Er bestimmte

Zeitpunkt und übergab Goldstein ganze Listen von Unternehmen, Banken und Institutionen, die danach aufgekauft werden könnten, inklusive eventuelle Vorstandsmitglieder welche die neuen Firmen leiten sollten. Natürlich war der Auftrag Goldsteins Initiative, die ganze Vorarbeit machte jedoch der gute Herr Jake Rosenbaum. Goldstein ging es nicht um Profitmaximierung, er besitzt schließlich regelrecht die Gelddruckerei, ihm ging es um Kontrolle und Macht. Absolute Kontrolle und Macht.

Die Clique war auf den großen Schuss vorbereitet und zog kurz vorher all ihre Anlagen zurück. Unwissende, also die Mehrheit der Unternehmer, waren leider nicht so glücklich getroffen von dem ganzen Spektakel. Aus hundert Lebensmittelfirmen wurden zwei Konzerne, aus dutzenden Pharmaproduzenten drei riesige, aus etlichen Immobilienkanzleien entstanden fünf gigantische Herrscher und so weiter und so fort. Die monströse Klaue schreckte vor nichts zurück. Die westliche Welt hängt nun am Tropf, ihre Versorger: Ein paar Familien. Damit das Ganze nicht auffällt und die Illusion der Auswahl weiterhin bestehen bleibt, blieb regelrecht alles beim Alten. Die Menschen können immer noch ihre Produkte bei Firmen ihres Vertrauens kaufen, bei den Farben, die man kennt. Einzig und allein die Obhut dieser Firmen wurde geändert. Der Staat stand früher noch über all die

Firmen, Banken etc. doch nach dem Todesschuss der elitären Vernichter stehen nun nur noch einzelne Personen über sie und darüber dann erst der Staat. Diese wiederum schleusen ihre Gewinne über etliche Tunnel, Staaten verlieren also enorm an Liquidität, an genau diejenigen die das ganze veranstalten und massive Steuereinnahmen sind nur noch eine Fantasie von vor dem Crash. Wer leidet also an dem ganzen? Die Politiker? Die Unternehmer oder etwa die Produzenten? Keiner der genannten, der Bürger bürgt am Ende für all das angerichtete Elend.

Sollte die Clique es auch noch schaffen am Ende den großen Krieg gegen die Restmächte der Welt zu starten, dann steht dem Plan überhaupt nichts mehr im Wege. Viele Male scheiterten sie, einige Male kamen die Machenschaften einzelner Taten heraus, immer wieder wurde vertuscht und gemordet bis auch der letzte weiß das man sich lieber nicht gegen die Hochfinanz anlegt. Fehlschläge werden aber auch weiterhin folgen, dafür ist die Welt zu komplex um über alles einen Hut anzuziehen. Viele Hüte müssen her. Einige Hüte dürfen oder müssen sogar ihre Souveränität behalten, damit das Ganze nicht zu offensichtlich wird. An den Problemstaaten wird dauerhaft gefeilt, Zentraleuropa als Beispiel. Dort herrscht noch zu sehr Ungleichheit und Widerstand gegen das Vorhaben der Clique. Aber wie sagt man so schön? Nichts ist unmöglich.

Jake und Salomon fahren vor, am Haupteingang des Schloss Liechtenstein warten schon Ezechiel und Sen-Levin. Die anderen Gäste sind schon alle anwesend, ein paar haben abgesagt.

"Grüß dich Salomon! Lass dich umarmen", begrüßt Sen-Levin Salomon herzlich.

"Oh, hast du vielleicht zugelegt? Salo, lass endlich die Steaks in Ruhe bevor sie dich in die Ruhe schicken, haha!", lacht Sen-Levin.

Salomon ist in Feierlaune, "Levin du alter fanatischer Esel, komm her!", beide umarmen sich und plaudern noch etwas vor dem Eingang. Ezechiel schließt sich dem an und beglückwünscht Salomon zu seinem letzten großen Sieg.

"Die Aktion war genial Goldstein, ich glaube wirklich, dass wir diesmal auf dem richtigen Weg sind."

Salomon grinst und klopft Ezechiel auf die Schulter.

"Ein wahrer Held ist Nussberg, wo steckt eigentlich der alte Irre, ist er schon drinnen?", fragt Salomon.

Ezechiel bejaht und die vier Herren begeben sich nach dem Geplapper zur Feier ins Schloss. Ein Orchester spielt, die Stücke von Dagna selbstverständlich. Das Buffet üppig bestückt. Man erkennt schnell welche Gruppierung sich unterhalten. In der einen Ecke das Militär, bestehend aus dem höchsten Stab und Kommandeure der US/Europa Streitmächte, in der anderen Ecke ergötzen sich Bankiers über ihre Großkunden. Politiker und Berater sitzen an Tischen abseits von den hohen Tieren.

"Salomon, schön das du es auch noch geschafft hast, ein Hoch auf dich und Jake!", schreit Nussberg, sodass der ganze Saal das Augenmerk auf Goldstein richtet.

Ein riesiger Applaus findet statt, Salomon verneigt sich kurz und bittet um Ruhe indem er kurz seine Hand hebt. Der Saal wird ruhig, gespannt auf das was Salomon zu sagen hat.

"Es war eine großartige Woche liebe Gäste, lasst uns feiern bis die Decke zusammenbricht. Ich möchte persönlich Nussberg für seine Expertisen danken, nach all den jämmerlichen Versuchen war dieser ein echter Schenkelklopfer! Nun lassen wir aber das große Reden und fangen endlich an. George, hol die Frauen und für die anderen Weichlinge die Burschen!"

Die Türen öffnen sich, zwanzig Frauen aus unterschiedlichsten Kulturen betreten den Saal. Vier Burschen für die Knabenliebhaber dürfen natürlich nicht fehlen. Der Militärkreis aus Oberkommandeuren, bestehend aus Bill, Conrad, Martiel und Andrje stürzt sich sofort auf die jüngsten der Frau-

100

en, oder besser gesagt Mädchen, 14 und 15 Jahre jung. Die vier Herren, geschmückt mit ihren etlichen Abzeichen für ihre *Heldentaten* verschwinden mit den zwei Mädchen in ein Zimmer. Der Kreis aus Bankiers schnappt sich die restlichen Frauen und begibt sich auch in ihre Ruheräume. Die Knaben bekommen die Politiker, auch diese sind nicht gerade ausgewachsen mit ihren 15 und 16 Jahren.

In der Zwischenzeit zögern die Militäroffiziere nicht lange mit den Mädchen. In dem großen Zimmer angekommen schmeißen zwei von ihnen die Mädchen auf das Bett während sich die anderen ausziehen.

"Wie mögt ihr es?", fragt Conrad die Mädchen und streichelt dabei ihre beiden Köpfe.

Bill, schon geladen vor Lust, "Diese Mädchen wollen es sanft Conni das siehst du doch an ihren unschuldigen Blicken, so süß wie sie dort meine Gelüste versuchen anzuregen."

Martiel sitzt in seiner Unterhose auf einem Sessel, "Bill, wenn das ein Blick der Gunst sein soll, dann bin ich der Kommandeur von China."

Die Herren fangen wie verrückt an zu lachen, als wäre das der Witz des Jahrhunderts gewesen. Die Mädchen, ihre Blicke schreien vor Furcht, sitzen ängstlich auf dem Bett während sie sich das Streicheln von Conrad gefallen lassen müssen.

"Andrje, was ist los mit dir? Heute nicht in Laune?", fragt Bill seinen engsten Kollegen.

Andrje begibt sich zum Bett und fragt die Mädchen, "Stimmt es was Billy da eben sagte, ihr mögt es sanft?"

Die Mädchen antworten nicht und nicken nur voller Angst vor dem bevorstehenden. Bills Streicheln gleitet langsam in eine Art Kratzen rüber.

"Natürlich mögen sie es Sanft aber ich befürchte diesen Wunsch können wir ihnen heute nicht erfüllen."

Bill klatscht das jüngere Mädchen mit einem Schlag bewusstlos. Conrad und Andrje stürzen sich sofort auf das andere Mädchen und fesseln ihre beiden Arme, das Seil verbinden sie mit dem Hals der jüngeren und die Orgie startet.

Der Horror beginnt. Im Wechsel vergewaltigen sie die beiden und schlagen wie Wildgewordene auf sie drauf.

Martiel begnügt sich derweil nur mit der Show und befriedigt sich an dem Anblick des Leids. Nachdem die drei nach etwa 15 Minuten fertig sind, steht Martiel auf. In seiner Hand ein 50 Zentimeter langes Rohr.

"Bill, Conrad, ihr habt glaub ich noch zu tun. Andrje, geh wieder feiern."

Die drei, blutverschmiert, begeben sich in die Duschen und lassen Martiel mit den zwei Mädchen alleine. Die Tür schließt sich und Martiel prügelt auf ihre Körper ein, als wäre es für ihn nichts. Das ältere Mädchen schreit non-stop seit Beginn und fleht auf ein Ende des Ganzen. Martiel scheint pro Schrei noch aggressiver zu werden und schlägt ununterbrochen auf die beiden ein. Das Rohr ist schon längst verbogen, er schmeißt es weg und zieht sich anschließend komplett aus. Die Tortur fängt für ihn gerade erst an.

Der Saal, in dem die Feier stattfindet, leert sich langsam und zurück bleiben nur ein paar Herren, darunter die drei Meister die sich nun in den Konferenzraum zurückziehen. Mit ihnen, Jake. Könnten Blicke töten, dann wäre Jake nun aufgefressen von den Augen Sen-Levins und Ezechiels. Angekommen im Konferenzraum setzt sich Salomon hin, neben ihn Jake. Am anderen Ende des Tisches sitzen Sen-Levin und Ezechiel.

"Nun gut meine Herren, wir feiern heute einen meiner größten Tage und ihr beiden habt mich aufgesucht um eine Konferenz abzuhalten, also gut. Worum geht es?"

Ezechiel fängt an sich über die Taten der letzten Woche zu erfreuen, "Der Anschlag war ein voller Erfolg Salomon, dafür Respekt. Den Terroranführer haben wir ja schon eine lange Zeit in der Mangel aber das du es so schnell geschafft hast alles zu organisieren und durchzuführen, das bedarf wahre Verhandlungskünste."

Salomon bricht vor Lachen in Tränen aus, "Achso, Verhandlungskünste nennt man das heutzutage? Ich nenne das einen Koffer voller Geld. Aber mal Spaß beiseite, natürlich waren Verhandlungen im Spiel und wisst ihr wer hauptsächlich diese geführt hat? Der gute Herr neben mir. Ihr habt richtig gehört, diesen Herr, den ihr so verabscheut, haben wir es zu verdanken das alles glatt über die Bühne lief. Nun bedankt euch bei ihm."

Sen-Levin schaut erstaunt rüber zu Ezechiel. Nach einer kurzen Ruhe des Starrwettbewerbs richtet sich Sen-Levin auf, "Jake Rosenbaum, du überraschst mich und ich glaube auch für Ezechiel zu reden, wenn ich sage, vielen Dank für dein Engagement in dieser Sache. Vielleicht haben wir uns ja doch geirrt und du bist mehr als nur ein nutzloser Spinner, der zufällig in die Arme Goldsteins fiel."

Goldstein fängt an zu lächeln und richtet seinen Blick zu Jake, "Hörst du das? Hörst du was diese zwei edlen Herren über dich denken? Hörst du diesen Unterton aus Arroganz und Paranoia? Du hörst es, ich höre es."

Ezechiel steht prompt auf, wutgeladen, "Salo jetzt übertreib es nicht, du warst uns immer ein guter Freund und wir schauten immer zu dir auf, zerstör das jetzt nicht!"

Die Stimmung in dem Konferenzraum ist angespannt, Jake kann nur tatenlos zusehen wie sich die drei älteren Herren verbal an die Gurgel gehen. Das ganze scheint zu eskalieren und plötzlich steht Salomon auf und schreit: "Ruhe! L'hitraot!"

Ein kurzer Moment der Ruhe tritt ein. Dann ging es los. Zwei Militäroffiziere, Bill und Conrad, kommen in den Raum, begeben sich hinter Sen-Levin und Ezechiel und schneiden ihnen die Kehle auf. Jake springt aus seinem Stuhl vor Schreck, während Salomon sich mit einem Grinsen wieder in seinen Stuhl setzt. Eine Mischung aus Geheule und vermummten Geschreie lassen die beiden von sich, bis die zwei Offiziere die beiden leblosen Körper zu Boden werfen. Die zwei Männer verlassen wieder den Raum, Salomon bittet Jake sich wieder an den Tisch zu setzen und sich zu beruhigen. Salomon:

"Da sitzen wir nun.", Jake ist immer noch völlig außer sich und kann nicht fassen was gerade passierte, leicht stotternd antwortet Jake, "Da... sitzen wir nun."

Salomon fängt an, sich über die beiden zu echauffieren, "Ich habe die beiden noch nie gemocht, immer wieder versuchten sie mir weiß zu machen was richtig und was falsch ist, wie ich meine Pläne zu planen habe und wie nicht, wen ich an meine Seite holen solle und wen nicht. Diese

Schweine hatten wohl immer wieder vergessen mit wem sie reden."

Jake kann während Salomons Monolog über die beiden Ermordeten nur nicken. Die Tür öffnet sich und eine Frau mit einem Wagen voller Speisen und Getränken kommt herein.

"Ah, endlich! Es war eigentlich abgemacht das du kommst, wenn die zwei Militäroffiziere den Raum verlassen aber egal, heute ist ein zu schöner Tag um sich weiter aufzuregen. Jake, lass uns speisen!"

Salomon lässt es sich gut gehen und knabbert genüsslich an seinem Hühnchen während Jake bei dem Anblick des ganzen Bluts auf der anderen Seite des Tisches kein Stück von all den Köstlichkeiten herunterbekommt. Der Anblick von Blut auf dem Konferenztisch ist für ihn nicht gerade ein appetitlicher Zustand. Das Gesicht von Sen-Levin ragt gerade noch so raus, dass Jake ihn sehen kann.

Das letzte Stück vom Huhn wird mit einem deftigen Schluck Orangensaft heruntergespült und beide begeben sich wieder zur Feier in den Saal.

Im großen Festsaal wird weiter getanzt und gefeiert. Das Geräusch von aufpoppenden Weinflaschenkorken ertönt alle paar Minuten und das Orchester spielt immer noch Stücke von Dagna.

Bis zum Morgengrauen geht die Veranstaltung, einzelne verabschiedeten sich früher, manche wiederum schlafen in dem Schloss ihren Rausch aus.

Am nächsten Morgen kommt ein schwarzer Van angefahren, um die Leichen zu entsorgen. Salomon steht vor dem Eingang seines Schlosses. Mit den Händen hinter dem Rücken und einem Lächeln größer als die gerade aufgehende Sonne, genießt er die Ruhe und das schöne Wetter. Die zwei Männer tragen jeweils einen schwarzen Sack zum Van und gehen anschließend wieder ins Schloss. Salomon denkt sich nichts dabei. Als jedoch nach einigen Minuten wieder zwei Leichensäcke von den Männern getragen werden, wird er stutzig und geht der Sache nach.

"Hey, ihr! Wartet mal, wer ist in den Säcken?"

Einer der Männer antwortet Salomon, "In einem Raum war noch so ein Millitärfutzi am Schlafen, neben ihm diese zwei…", die Männer lassen die Säcke auf den Boden und öffnen sie. Darin waren die zwei minderjährigen Mädchen. Deren Gesichter, zerstückelt.

"Schafft sie mir aus den Augen."

Salomon begibt sich zu seiner Limousine. Darin wartet schon Jake, die Abfahrt zum Flughafen beginnt.

"Jake, bereite die neuen Gesetzesvorlagen für die europäischen Staatsführer vor, der Zaun von dem ich seit Jahren träume, der soll nun langsam errichtet werden. Nussbergs Plan mit den Terroranschlägen hat einiges gebracht. Die Menschen werden geschlossene Grenzen begrüßen. Aber nun lass uns erst einmal heimkehren. Es war eine erfolgreiche Woche mein Freund, ich übertrage dir das Vermächtnis von Bernstein und Steinberg, mein zweites Geschenk an dich. Ich habe da ein paar Leute die dich unterstützen, bist' ja kein Banker. Chauffeur, Musik!"

09.10.2013

Die große Feier war alles, aber keine Feier.
Salomon.
Salomon Suresh Goldstein, geboren 13.03.1944 in Liech-
tenstein.
So steht es zumindest in seinen privaten Unterlagen.
Sind wahrscheinlich gefälscht, würde mich nicht wun-
dern.
In den letzten 2 Tagen ist zu viel für meine Nerven pas-
siert. Ezechiel und Sen-Levin, beide Tot. Vor meinen
Augen niedergestochen von Salos Killer Trupp. Diese
Menschen haben ganze Städte auf ihrem Gewissen.
Als mir Ausschnitte einzelner Funkgespräche zugespielt
wurden, musste ich fast kotzen. Wie sie bei dem ganzen
Bombardement lachen und sich unterhalten als säßen sie
im Garten und grillen.
Die gleichen Gestalten haben diese zwei Mädchen… ach.
Immer noch rieche ich das Blut der beiden, der Eisenge-
ruch geht mir einfach nicht aus der Nase.

KAPITEL 13 EIN VERSEHEN

Sara und Ephraim sind im Garten und warten sehnsüchtig auf Cousine Margalith, die Tochter von David Goldstein. Sie bleibt für eine Woche zu Besuch, da ihre Eltern in den Urlaub fahren.

"Denkst du, sie ist nett?", fragt Sara ihren Bruder.

"Ich hoffe es doch mal, sonst werde ich sie wohl zügeln müssen."

Salomon hat etwas Ungewöhnliches mit den drei Kindern geplant, sie dürfen einen Tag nach Blackstone. Unter der Obhut des Portiers Danjiel. Sie sind nun reif genug um einigermaßen selbstständig Entscheidungen treffen zu können.

Danjiel geht in den Garten: "Na Kinder? Freut ihr euch schon auf Margalith? Ich habe sie einmal kurz gesehen, als euer Onkel hier etwas abzugeben hatte, sie schien recht höflich zu sein."

Sara springt auf und versucht mehr herauszufinden, "Wirklich? Wie sieht sie aus? Wie alt ist sie?"

"Sie ist jünger als ihr beide aber sie verhielt sich wie eine Dame, ich schätze, sie ist 12 Jahre jung. Ihr Haar ist lang und braun, ihre Augen Himmelblau, ich denke, ihr werdet gut mit ihr zurechtkommen."

Sara freut sich, Ephraim interessiert es nicht wirklich und zupft das Gras auf dem sie sitzen.

Rinah ruft aus dem Fenster, "Kinder! Der Besuch ist da, zum Eingang, sofort!"
Sara hüpft vor Freude zum Eingang, während Ephraim sich auch so langsam aufrappelt.

Eine schwarze Limousine kommt angefahren und der Chauffeur begibt sich zur Hintertür, um die Türe zu öffnen. Margalith steigt aus, sie trägt ein rotes Kleid und ihre Haare sind schick geflochten. Rinah begrüßt ihre Nichte mit einer Umarmung und stellt Sara und Ephraim vor.

"Schön dich wiederzusehen kleines, wie hübsch du geworden bist! Hier, deine Cousine Sara und dein Cousin Ephraim. Die beiden haben dir ein Geschenk gebastelt, mach es auf!"

Margalith öffnet ihr Geschenk und es befindet sich ein Hütchen mit Blumen verziert darin.

Sara erklärt stolz, dass sie die Blumen aus ihrem Garten ausgewählt hat.

"Vielen Dank ihr zwei, das ist ein wirklich hübscher Hut!", sie setzt ihn sofort auf und betrachtet sich damit in den Fenstern der Limousine.

Ephraim ist schon ganz ungeduldig, er fragt was sie denn nun unternehmen.

"Ihr dürft nun mit Danjiel nach Blackstone, habt einen schönen Tag zusammen und nicht vergessen, bleibt immer dicht bei ihm!", antwortet Rinah.

Sara schnappt sich die Hand von Margalith und fängt an Fragen zu stellen, "Was magst du alles so? Hast du irgendwelche Interessen? Hast du viele Freunde bei dir Zuhause? Hast du auch Kunstunterricht? Wie alt bist du?"

Margalith, völlig überfordert von den Fragen, "Ehm, ich male liebend gerne und Kunstunterricht habe ich auch. Zudem liebe ich es Violine zu spielen und achja, ich bin 12 Jahre jung."

"Und Freunde? Ach lass uns erst mal zum langen Weg, wir haben noch genug Zeit uns kennenzulernen!"

Die vier begeben sich auf den Weg und lernen einander kennen. Portier Danjiel ist ein paar Meter hinter ihnen, er möchte ihnen etwas Freiraum geben. Ephraim scheint gelangweilt zu sein, aber das ist recht verständlich, die Mädchen haben halt mehr Interessen aber er begnügt sich schon mit dem Gedanken auch endlich mal Blackstone zu sehen.

Am Schild von Blackstone angekommen sagt Danijel, "So meine lieben, eigentlich soll ich das ja nicht, aber ihr habt so wenig Freiheit, da gönn' ich euch das, aber versprecht mir nichts euren Eltern zu sagen! Ihr dürft nun die Zeit alleine in Blackstone genießen, wir treffen uns um 18 Uhr wieder hier, haltet also die große Kirchenuhr im Auge. Aber nun, viel Spaß zusammen, die Menschen hier in der Stadt sind sehr friedlich gesinnt, sie werden euch sicherlich nichts antun."

"Wow, danke Danjiel! Wir werden pünktlich wieder hier sein!", antwortet Sara und lässt einfach nicht Margaliths Hände los, "Kommt, ich zeig euch einen schönen Platz, der mir letztes Mal gezeigt wurde, als ich den Auftrag hatte hier mein Diadem abzuholen."

Die Drei begeben sich zum See.

"Wartet mal! Lasst uns vorher noch jemanden abholen. Ephraim? Ich habe hier letztes Mal einen Jungen getroffen, ihr könnt ja zusammen spielen, du hast doch bestimmt wenig Lust mit uns Mädchen zu spielen, oder? Ich möchte ihn auch liebend gerne wiedersehen, er ist wirklich ausgesprochen Lieb zu mir gewesen!"

Ephraim nickt, immer noch gelangweilt. Die Mädchen kichern und flüstern auf dem Weg zu Joséphs Haus, sie scheinen sich wirklich prächtig zu verstehen.

"Da! Dort ist das Haus, ich gehe kurz klopfen!", Sara klopft an der Tür und eine ältere Dame empfängt sie, "Was kann ich für dich tun, kleines?"

"Ist Joséph zuhause? Wir wollten fragen, ob er nicht vielleicht Lust hätte mit uns drei spazieren zu gehen, wir wollten zum See!"

Die Mutter verneint und zeigt in Richtung Stadt-mitte, "Er sollte noch auf dem Markt sein, versucht da euer Glück Kinder. Falls ihr ihn nicht findet und er Nachhause kommt, dann sage ich ihm, dass ihr am See seid."

Sara bedankt sich herzlich und geht wieder zu Cousine und Bruder. Die drei machen sich auf den Weg zum Markt, Saras Augen glänzen schon vor Vorfreude, es ist wahrlich eins der schönsten Tage in ihrem Leben. Endlich das Kennenlernen von Margalith plus die frühzeitige Wiederbegegnung mit Joséph.

Am Markt angekommen schaut sich Sara um, "Margalith? Wenn du jemanden mit kurzen schwarzen Haaren siehst, dann schrei laut!"

Nach kurzem Umschauen läuft Sara los, Joséph steht an einem Verkaufsstand.

"Buh!", zwickt Sara seinen Rücken. Er springt vor Schreck auf, dreht sich um und sein Gesicht scheint vor Freude.

"Saraaa! Was machst du denn hier? Wie geht es dir? Lass dich drücken!", die beiden umarmen sich. Nach einer Weile der Unterhaltung begeben sie sich zum See.

Ephraim fragt Joséph, "Magst du meine Schwester? Du schaust sie immer so an als würdest du sie am liebsten hierbehalten wollen."

Joséph bejaht und Ephraim hakt weiter, "Würdest du für sie in den See springen?"

Das Shirt wird ausgezogen, "Sara schau' mal, das mache ich für dich!", zack springt Joséph in den See.

Ephraim geht zu Sara, "Siehst du das? Dieser Junge scheint dich zu mögen, versau es nicht!"

Es kommt nicht häufig vor das Ephraim sich für Sara interessiert, "Vielen Dank Bruderherz, wie sollte ich es denn mit ihm versauen?", fragt sie völlig unwissend.

Ephraim lächelt nur kurz und geht wieder zu Joséph der wieder aus dem Wasser herausgekommen ist. Die Jungs spielen fangen, die Mädchen pflücken Blumen und verzieren damit ihre Haare. Margalith kommt auf die Idee ein Wettrennen zu machen.

"Jungs! Wir zwei gegen euch? Wer es als erstes zum großen Baum schafft, hat gewonnen!"

Sara, Ephraim und Joséph sind einverstanden. Das Jungenteam ist sich natürlich Siegessicher:

"Schwesterchen, du hast zuhause keine Chance und du wirst auch hier keine Chance gegen den großen Ephraim haben!", die Clique lacht und begibt sich in Startposition. Margalith gibt an wann es losgeht, "Auf die Plätze... Fertig... Los!"

Die vier laufen zu dem rund 200 Meter entfernten großen Baum los.

Ephraim dreht sich kurz, um sich über Saras letzte Position zu belustigen, "Sara! Das du kein Sportunterricht hast, merkt man!"

Kurz vorm Ende, nahe des Baumes, stolpert Margalith über Ephraims Füße, da sie beide gleichmäßig schnell sind und als erster ins Ziel wollen. Margalith stürzt zu Boden. Sie prallt geradewegs mit ihrem Kopf gegen den Baum und dann noch auf die Steine, welche am Boden liegen.

"Margalith!", schreit Sara und läuft voller Adrenalin, schneller als während des Wettbewerbs, zu ihr.

"Joséph, hol Hilfe, sofort!", schreit sie. Ephraim scheint die Sache nicht ernst zu nehmen.

"Das… wollte ich nicht, das war ein Unfall…",

KAPITEL 14 MARGALITH GOLDSTEIN

Salomon bricht nach einem Anruf von seiner Ehe-frau sofort auf, um so schnell wie möglich nach-hause zu fliegen.

"Jake, schlechte Nachrichten."

Er erklärt ihm, dass Davids Tochter einen Un-fall hatte und er nun richtig in Schwierigkeiten steckt. Zudem bittet er ihn David zu kontaktieren, er soll sich schnellstmöglich bei ihm melden. David ist in seiner Urlaubswoche immer unerreichbar, also sollten alle Räder in Bewegung gesetzt wer-den. Das wird nicht leicht für Salomon, schließlich war er verantwortlich dafür, dass die Kinder nach Blackstone durften.

"Danijel der fiese Drecksack, wie konnte das passieren?"

Jake versucht ihn zu beruhigen, Kinder verlet-zen sich halt, da kann kein Erwachsener was gegen tun. Salomon, zwar immer noch aufgeregt, stimmt Jake zu.

"Mal schauen wie schlimm es ist, Rinah hat sich überhaupt nicht gut angehört, aber sie neigt dazu Sachen zu dramatisieren."

Danijel musste Margalith zum Anwesen tra-gen, da sie bewusstlos war. Im Anwesen befindet sich Jistach Rosenthal, der Arzt der Familie. Er befahl der Familie aus dem Zimmer von Margalith zu bleiben, bis er seine Diagnose abgeschlossen hat.

Die Goldsteins warten ungeduldig darauf, dass sich endlich die Tür öffnet aber es vergehen Stunden ohne Reaktion.

"Wie konnte das nur passieren Kinder, euer Vater wird euch den Kopf umdrehen, wenn er heim kommt.", murmelt Rinah vor sich hin und starrt ununterbrochen auf die Tür.

Beide antworten nicht. Sara hat immer noch vertränte Augen, sie kommt überhaupt nicht mit dem Unfall klar. Eine echte Freundin hatte sie in Margalith gesehen und nun dürfen sie höchstwahrscheinlich nie wieder miteinander spielen.

Die Uhr schlägt 22 Uhr und noch immer ist Rosenthal nicht aus dem Zimmer herausgekommen. Rinah versucht vergebens mehrmals zu klopfen aber die Antwort ist immer die gleiche, *Mehr Zeit*.

Die Klingel läutet. Es ist Salomon.

Rinah begibt sich sofort nach draußen und befielt den Kindern vor dem Zimmer zu warten. Draußen, steigt Salomon aus ohne das der Chauffeur die Tür aufmacht, in Richtung Danijel mit einem wutentbrannten Gang. Er geht ihn an die Gurgel und schreit auf ihn los.

"Du mieser Sohn einer elenden Straßennutte wie konnte das nur passieren! Deine Familie werde ich vor deinen Augen abschlachten lassen und dich stecke ich danach in den Kerker!!!", Rinah kommt angelaufen und drängt die beiden auseinander, Danijel fleht um Vergebung und entschuldigt den Unfall, er konnte nichts dafür, dass die Kinder ein Rennwettbewerb gestartet haben.

"Schatz hör auf damit! Wir können ihm nicht die Schuld dafür geben, das hätte genauso gut in unserem Garten passieren können!"

Salomon schiebt Rinah beiseite und schlägt Danijel mitten auf die Nase, er fällt zu Boden. Der alte Herr Goldstein hat immer noch Kraft, als wäre er 30 Jahre alt.

"Die Sache wird noch geklärt!"
Rinah kann ihn endlich ruhig stellen und beide gehen in das Anwesen.

"Rosenthal meinte wir sollen noch nicht ins Zimmer."

"Rosenthal kann mich mal!"

Zielgerecht geht er zur Tür und schreit, "Jistach, öffne das verdammte Ding bevor ich…", der Schlüssel bewegt sich und Rosenthal bittet Salomon hinein. Die anderen müssen immer noch draußen warten.

Margalith liegt auf dem Bett, regungslos aber mit offenen Augen. Sie trägt ein Verband um den

Kopf. Rosenthal geht zum Fenster, schaut nach draußen und fängt mit dem Rücken zu Salomon an seine Diagnose zu stellen. Salomon geht währenddessen zu ihrem Bett und streichelt ihren Kopf.

"Salo, es tut mir wirklich leid dir das jetzt sagen zu müssen, aber es sieht wirklich nicht gut für sie aus. Ich will dir jetzt nicht mit Fachbegriffen den Kopf zerbrechen. Einfach ausgedrückt ist Margalith sehr unglücklich gefallen. Der Sturz beschädigte das Hirn, einzelne Schädelsplitter zerstörten wichtige Bereiche. Seelisch und geistlich wird sie ein Leben lang behindert sein, ich werde natürlich die bestmögliche Heiltherapie beantragen aber das wird ihr wahrscheinlich nicht mal 10 Prozent ihres Bewusstseins zurückbringen. Ich habe es nicht übers Herz gebracht deinen Kindern und deiner Frau diese Diagnose mitzuteilen, gerne bleibe ich noch eine Weile hier bei ihr aber ich empfehle dir, sie sofort in meine Klinik einweisen zu lassen. Es tut mir wirklich vom Herzen aus Leid Salo."

Über Salomons Gesicht rollt eine Träne, er steht auf und gibt Rosenthal die Hand.

"Sie geht nirgendwo hin, entbehre mir dein Team aus Heilpflegern, ich zahle ihre Ablösesumme und kaufe ihnen ein paar Häuser in Blackstone."

Rosenthal nickt und geht aus dem Zimmer, Salomon verschließt die Tür und setzt sich wieder neben Margalith. Er hält ihre Hände und streichelt sie.

"Meine Lieblingsnichte. Es tut mir unendlich leid, ich wünschte, ich könnte alles rückgängig machen. Ich kann mich noch genau daran erinnern, als dein Vater seine Hochzeit hatte und wir tanzten. Du hast mich immer sehr an Sara erinnert, ich liebe sie vom ganzen Herzen und würde für sie Völker ausrotten, auch wenn ich es ihr nicht immer zeigen darf, aus Erziehungsgründen. Aber bei dir konnte ich meine Liebe immer voll und ganz ausdrücken. Sara musste ich für ein paar Tage deinen Vater geben, sonst hätte ich ihr nicht das Geschenk geben können dich kennenzulernen. Dein Vater ist ein alter Spinner, zum Glück hat Sara von seinen Taten nichts mitbekommen, dank Rosenthals Ganzkörperbetäubung. Für euch beide habe ich das getan und nun liegst du hier.", Salomon spricht noch bis in die Nacht mit ihr, ihre Augen – offen.

Nach stundenlangem Reden öffnet er wieder die Tür. Rinah, Sara und Ephraim sind eingeschlafen. Er geht in sein Büro und setzt sich hin. Jake wird angerufen. Auch um Mitternacht muss er immer drangehen, eins der Loyalitäten die Jake ihm versprochen hat.

"Jake. Hast du David schon erreicht bekommen?"

Jake verneint und Salomon fährt fort, "David muss beseitigt werden, eher töte ich ihn, als ihm diese Nachricht zu übergeben. Er wird mir ein Leben lang Vorwürfe machen und alles ermögliche tun um mich in unseren Kreisen zu erniedrigen, bis ich schlussendlich falle. Egal wie, Unfall, seinen Jet zum Absturz bringen oder ihn direkt erschießen lassen. Organisiere alles und informiere mich, wenn alles erledigt ist."

Jake antwortet ein paar Sekunden nicht, fragt dann aber, "War der Unfall so schlimm…?"

Salomon schaut zu Boden, schon wieder rollt eine Träne herunter, "Schlimmer."

KAPITEL 15 DIE WILDERBER-
GER

"Ich heiße sie alle herzlich willkommen zum diesjährigen Wilderberger Treffen, die über das Wochenende zu besprechenden Themen wurden wie
gewohnt in der Einladung genannt. Eine genaue
Aufgliederung und Erklärung übernimmt dieses
Jahr Mosel Baummann, Vorstandsvorsitzender der
Baummann und Söhne Bank. Ein informelles und
aufschlussreiches Wochenende wünsche ich!", beendet Ethan Bissfinger die Ansage, Vorstandsvorsitzender des Pharmakonzerns Pharmsa.

Mosel Baummann steht auf, lässt sich beklatschen und begibt sich nach vorne wo ihn die star-
renden Augen bestehend aus Wirtschaftsgiganten,
Politikern, Militäroffizieren, Medienmogule, Rich-
tern, Staats- und Rechtsanwälte, Strategen, Wissen-
schaftlern und sonstige elitäre Kreise anstarren.

"Ehrenwerte Mitglieder und Mitgliederinnen,
meine Damen und Herren, ich darf sie heute recht
herzlich begrüßen zum diesjährigen Wilderberger
Treffen. In den letzten Jahren haben wir abrupte
Fortschritte gemacht und dieses Jahr fing dermaßen
gut an, dass wir kurzfristig einige Punkte für diese
Tagung streichen mussten und neue Ziele in Angriff nehmen können. Eines dieser Punkte war es

die europäische Sicherheit und Stabilität zu sichern. Nach den Anschlägen in Belgien und der beratenden Stimmen einzelner Leute hier in dem Raum, haben die Herrscher Europas nun eingesehen, das Kontrolle das A und O ist. Einige der Anwesenden kennen die Herren der Tat nicht, werden diese vielleicht auch niemals kennenlernen, dennoch finde ich es für angemessen auf sie anzustoßen!"

Die Herren und Damen stehen auf und stoßen an. Baummann führt seine Rede fort.

"Punkt 1 – Restmächte. Wie erwartet wurden die Beziehungen seitens Europa und den Restmächten enorm geschwächt, nicht nur wirtschaftlich, sondern auch persönlich. Weitere Expertisen sind erforderlich um die weiteren Vorgehensweisen der europäischen Herrscher zu lenken. Anmerkung: Ausschweifende Militärübungen an den Grenzen der Restmächte mit den Namen *Fast Horns* und *Two Hits*. Kommen wir nun zu Punkt 2 – Wirtschaftliche Orientierung Europas. Da seit geraumer Zeit die Spannungen Europas zu Defiziten in den Büchern sorgen, muss schnell für Abhilfe gesorgt werden. Das wird einigen von euch hier mehr interessieren als andere, meine Blicke richten sich an die Banker und Konzernleiter hier im Raum. Handelspartner schaffen heißt die Devise. Listen der Unternehmen mit Kontaktinformationen zu den Vorständen werden euch zugesandt. Besprecht über das Wochenende, wer mit wem handelt und tauscht euch über weitere Wege aus. Punkt 3 – Sicherung und Freiheit des Internets. Wie im letzten und dem Jahr zuvor auch arbeiten wir stetig an der Sicherung des Internets. Wir haben dazu dieses Jahr einen speziellen Gast, den einige von euch wahrscheinlich schon kennen. Jonathan Dryll, Gründer und Vorstandsvorsitzender von *Ilunetz*, einem Unternehmen, welches sich auf künstliche Intelligenzen spezialisiert hat. Enorme Fortschritte wurden geleistet, in Korporation mit den Suchmaschinen werden diese Arbeiten uns sehr zu Gunsten kommen. Vorstände der beiden Giganten *Loogle* und *Dahoo*, ich bitte euch die Zeit mit dem Herren zu verbringen. Einige Strategen können sich gerne anschließen, falls sie etwas beizutragen haben. Punkt 4 – Sicherheit im Nahen Osten. Ein sehr wichtiger Punkt, der Militärkreis freut sich wahrscheinlich schon die Einzelheiten über diesen Punkt zu erfahren und das verstehe ich vollkommen. Wir bekamen mehrere Anlagen und Informationen, diese werden euch nach der Ansprache ausgehändigt. Anmerkung: Große Vorsicht vor den Vereinten Nationen. Punkt 5 – Technologische Innovationen. Ziemlich selbsterklärend, morgen werden uns einige Herren ihre neusten Ideen und Fortschritte präsentieren, darauf bin ich persönlich ziemlich gespant. Ein Vöglein hat mir gezwitschert, dass

Ilunetz auch dort seine Finger im Spiel hat, ich freue mich auf den Vortrag! So und nun zum letzten Punkt 6 – Bargeld. Wir müssen uns weiter engagieren, nicht aufhören die Menschen in wichtigen Positionen zu richten. Einige Möglichkeiten wurden uns bereits zugesandt, weitere sollen wir ausarbeiten. Das war es mit den diesjährigen Themen, ich wünsche euch allen ein aufschlussreiches Wochenende, die Bankiers bitte ich auf eine kleine Gesprächsrunde in den Konferenzraum. Vielen Dank für eure Aufmerksamkeit!"

Das Treffen findet dieses Jahr in der Schweiz statt, in einem Luxus-Hotel tief in den Bergen. Auf dieser Tagung befinden sich 120 Menschen aus den führenden Branchen und beraten sich ein Wochenende lang über Themen und Probleme. Sie sind nur ausführende Gestalten, die Schatten dahinter kennen nur einige auf diesem Treffen. Wer auf solch ein Treffen eingeladen wird, fragt solche Sache nicht. Die meisten denken sie wären auf einer exklusiven Konferenz, die Spitze der Pyramide. Einige haben Vermutungen über den großen Plan, möchten diese aber ihres Rufes wegen nicht preisgeben. Eine Manipulation der Manipulierer, wenn man so will. Fast alle glauben an die Märchen der Auftraggeber. Sie glauben an die Gefahr des Terros, an die Gefahr Russlands oder der Finanzcrashgefahr, ausgelöst durch eine Misswirtschaft der Staaten.

Auf dem Treffen befindet sich auch Jake, er hat jedes Jahr den speziellen Auftrag die ganze Sache zu beobachten und eventuelle Fehleinladungen zu protokollieren. Von den 120 Mitgliedern wissen nur 3 von Jakes Hintergründen und Beziehungen zum hohen Rat und auch nur sie kennen Salomon. Diese 3 Personen sind Mosel Baummann, Ethan Bissfinger und Isaak Nussberg.

"Jake, hast du mitbekommen was mit Ezechiel und Sen-Levin passiert ist?", fragt John Schlagberger.

"Natürlich, eine Tragödie. Die Triebwerke der Maschine waren anscheinend nicht zu hundert Prozent gecheckt worden, die Mechaniker hatten darauf hingewiesen und die Piloten wollten nicht losfliegen aber die beiden bestanden darauf. Sie hatten wohl einen dringenden Termin."

"Bernstein und Steinberg, die zwei Giganten. Tot durch Flugzeugabsturz, was für ein tragischer Verlust!", sagt John.

"Ich habe mitbekommen, dass ein gewisser älterer Herr nun die Kontrolle übernimmt, weißt du was darüber?"

Jake bleibt ganz locker und spielt vor, nichts über diesen Herren zu wissen, "Leider habe ich keine Auskunft darüber und höre es nun zum ersten Mal, dass schon jemand auserkoren wurde. Kennst du diesen Herrn?", fragt John und schaut Jake dabei fragwürdig an.

John verneint und ändert das Thema, die beiden unterhalten sich ein wenig über die geopolitische Lage im Mittleren Osten während sie sich ein Glas Wein gönnen.

John Schlagberger ist ein naiver Mann, 45 Jahre alt und denkt, dass die Wilderberger für das Wohl der Menschen arbeitet. Er ist nur wegen seiner exzellenten Fähigkeit mit Zahlen umzugehen bei dem Treffen dabei, auch bei Isaaks Denkfabrik hat er nur die Rolle der Wirtschaftsplanung. Auch wenn er mal der Nachfolger von der Denkfabrik sein wird, verstehen tut er recht wenig vom großen Spiel. Isaaks Denkfabrik spezialisiert sich auf Expertisen für Politiker, heißt auch die Mitglieder sind weitestgehend geblendet und manipuliert von Isaaks Einflüssen.

Der Rest der Gäste genießt den ersten Tag der Ruhe, bevor es morgen in die ganzen Besprechungen geht. Am Abend ist Jake in seinem Zimmer und telefoniert.

"… sieht recht gut aus, nur eine Person scheint mir etwas kurios, aber es könnte an der ersten Teilnahme liegen. Ich beobachte ihn weiterhin, frage ihn ein paar Sachen."

"Sehr gut Jake, gute Arbeit. Irgendwelche Anmerkungen bezüglich Ezechiel und Sen?"

"Ja, John Schlagberger hat mich ausgefragt. Er hat aus irgendeiner Quelle erfahren, dass ein *gewisser alter Herr* nun die Kontrolle von Ezechiels und Sens Einsatzbereich übernommen hat. Ich konnte nicht direkt nachhaken, wäre zu auffällig gewesen. Es hat dennoch funktioniert, Flugzeugabsturz ist die offizielle Todesursache.", antwortet Jake.

"Von welchem Dreckshund hat er denn erfahren, dass ein älterer Herr... egal, lausche weiter herum und erstatte mir spätestens morgen Abend wieder Bericht."

Am Samstag werden die 120 Personen in Gruppen aufgeteilt und in einzelne Konferenzräume gesteckt um dort die Themenbereiche zu besprechen, die in ihrem Interesse liegen. Am Abend gibt es dann nochmal eine große Konferenz mit allen Teilnehmern, dort bekommen einzelne nochmal die Chance diese Plattform für ihren Input zu nutzen.

Das Wochenende verläuft höchst informell für die Beteiligten, neue Ideen werden ausgetauscht, Verbindungen werden geknüpft und spezielle Aufträge aufbereitet. Jake hat einige höchst interessante Informationen niedergeschrieben, ein paar Teilnehmer haben anscheinend Vorlieben, die bei einem Fehlverhalten ihr Leben zerstören könnten. In diesem Geschäft zählen solche Informationen als höchst profitabel. Durch diese Art von Information wurden schon einige Personen aus den Kreisen weggefegt. Immer wird dabei die Macht der Medien und die der Justiz benutzt um die aus den Reihen gelangten Personen zu diffamieren oder ganz Mundtot zu machen.

16.06.2014

Das Wilderberger Treffen ist vorbei, bei den neuen Mitgliedern wurden die Fäden angebracht, die alten Mitglieder kamen zur Reparatur.

John hat mich die Tage über aufgeregt, ich kann es nicht ab wenn er sich königlich über andere amüsiert, selbst aber nichts auf die Reihe bekommt ohne die Hilfe der Auftraggeber. Am liebsten würde ich die Anweisung Salomons missachten und ihn ausschalten lassen. Die Notwendigkeit seiner Existenz ist sein Freifahrtsschein. Was mich aber sehr wundert ist, von wem er erfahren hat, dass ein gewisser alter Herr nun die Kontrolle übernommen hat. Es scheint als hätten wir eine Ratte in unserem Kreis, ich setze alle Räder in Bewegung, um diesen Irren zu finden. Bei Ethan, Mosel und Isaak bin ich mir absolut sicher, dass sie nichts preisgegeben haben. Es muss jemand sein, der ein Netzwerk im Netzwerk hat, ich kann mir aber beim besten Willen nicht ausmalen wer das sein könnte.

Kapitel 16 Der wahre Feind

"Bürger von Tush'Ran, der Staat meldet höchst verdächtige Flugbewegungen in unsere Richtung, wir bitten euch alle so schnell es geht die Stadt zu verlassen, oder die örtlichen Bunkeranlagen aufzusuchen solang dort noch Platz ist!", meldet das Radio der Stadt Tush'Ran im Minuten Intervall.

Ein Van mit Lautsprechern meldet selbiges. Eben noch waren die Bürger am Markt und haben um den Fischpreis gefeilscht, jetzt laufen sie in Strömen Richtung Süden. Ein weinender Vater kniet vor seinem Haus und schreit, "Ich gehe nirgends hin, meine Kinder und meine Frau haben sie schon getötet, ich habe keine Angst mehr vor dem Tod!", der Mann bricht in Tränen zusammen.

"Achmed, deine Familie würde es nicht wollen, dass du so dein Leben beenden lässt...", redet ihm sein bester Freund zu.

"Diese Schweine haben meine Familie ermordet! Sie haben meine Kinder ermordet! Sie haben meine Frau ermordet!", der beste Freund versucht ihn zu tragen aber der Mann wehrt sich zu stark. Er legt sich neben ihm.

Eine Charge aus fünf Bombern kommt angeflogen und lässt jeweils drei große Bomben ab, die auf die Stadt fallen und so gut wie alles dem Erdboden gleich machen. Keine Minute später fliegen 10 Helikopter über die Stadt und schießen auf alles was sich bewegt, mit Schnellfeuersalven und Raketen. Ein dutzend Artillerie Geschütze stehen bereit, hunderte Meter von der Stadt entfernt, auf mehreren Hügeln rund um die Stadt verteilt. Auf Kommando des Obergenerals starten sie das Höllenfeuer. Ununterbrochen über 5 Minuten lang schießen sie auf die Stadt ein. Zwei Drohnen fliegen über den Ort und statten Bericht ab:

"General Whitehaupt, in der Stadt bewegt sich nichts mehr. Over."

"Wir hören auf, wenn ich sage wir hören auf! Over!", antwortet General Bill Whitehaupt, seine Tonlage tief und verärgert.

Als sich das Bombardement so langsam legt, lässt Whitehaupt die Panzer einfahren, obwohl dieser Zug überhaupt nicht mehr notwendig ist. Sie kommen von drei Seiten. Auch die erledigen ihren Job und zerstören Restbestände der Stadt, sodass nach nicht einmal einer Stunde die komplette Stadt zerstört wurde.

"Aufhören.", befehligt Whitehaupt.

Die Helikopter, Panzer und Artillerie verschwinden von dem Einsatzort. Der General hat sich das ganze über die Drohnen angeschaut, aus 10000 Kilometer Entfernung an seinem Arbeitsort in den Vereinigten Staaten.

"Nun gut, Einsatzort 1 von 15, wir haben noch einen guten Monat vor uns, die Gegner wurden an ihrer Schwachstelle getroffen, nun richten wir uns an den harten Stoff, die Basen rund um Tush'Ran und Mathrak."

Der General befehligt die restlichen Männer sich in die Hauptbasis zurückzuziehen, sie sollen den restlichen Tag in Ruhe genießen, bevor der nächste Sturm beginnt.

Whitehaupt geht aus seinem Kontrollraum raus und begibt sich Richtung Ausgang der Militärbasis.

"Jaden du alter Halunke", lacht Bill und klopft der Reinigungskraft auf die Schulter, "danach ist mein Auto dran!", witzelt er herum und geht zur Tür heraus.

An seinem Auto angekommen bleibt er kurzweilig im Auto sitzen und schließt die Augen. In seinen Gedanken ist er schon bei dem nächsten Auftrag. Ein ruhiges, dennoch angeregtes Atmen füllt das Auto. Er gedeiht kurzweilig in seinem Moment der Starre und fährt dann los. Die Familie erwartet ihn schon, denn heute hat sein jüngster Sohn Geburtstag.

Auf dem Weg hält er noch kurz an einer Tankstelle an. Er geht hinein und kauft sich zwei Flaschen Whiskey, der Tankwart erkennt ihn bereits und tippt schon die zu bezahlende Summe in die

Kasse und nach einer kurzen Plauderei geht Bill wieder zu seinem Auto. Dort angekommen öffnet er eine Flasche und nimmt einen kräftigen Schluck.

"Dieser Esel.", spricht der Tankwart.

Nach einer Minute hebt er die Flasche erneut und vernichtet so gut wie die Hälfte der 1 Liter Flasche in einem Zug, anschließend ein lautes und befriedigendes *Ahh*.

Bill hat sich über die Jahre als General eine Alkoholsucht aufgebaut, verständlich bei seinen Aktivitäten. Ohne dieses Gesöff könnte er wahrscheinlich nachts nicht schlafen. Er selbst kommt aus dem Krieg in Vietnam und hat sich von seiner Leistung dort mit etlichen Medaillen bestücken lassen. Den wahren Grund für all die Kriege hatte er zwar erst Jahrzehnte später erfahren, dennoch interessierte es ihn nicht wirklich. Er hat regelrecht eine Leidenschaft zu seinem Job entwickelt. Das Kommandieren und Führen von Streitkräften über ein Kontinent verteilt, hat seiner Persönlichkeit enorm geschadet, die Macht, die ihm zugeteilt wurde war eher sein Fluch und kein Erfolg. Um seine Lebensfreude zu stillen bedarf es nicht mehr die Liebe seiner engsten. Er hat andere Vorlieben für sich entdeckt, um seine Machtgelüste auszuleben.

In seinem Zuhause angekommen erwartet ihn schon seine Frau.

"Wo warst du solange verdammt nochmal, Geoffrey fragt ununterbrochen nach dir!", schimpft seine Frau voller Wut.

"Mensch Martha ich hatte zu tun!"

"Ich rieche es, wie sehr du zu tun hattest, du ekelst mich an.", Bill klatscht seine Frau, was keine Seltenheit bei ihm ist.

"Nun lass mich in Ruhe Weib."

Im Wohnzimmer ertönt die Melodie eines bekannten Kindermusikanten. Bill kommt hinein.

"Papaaa!", schreit sein Sohn auf und springt ihm in die Arme.

"Mein kleiner Rabauke, herzlichen Glückwünsch zum Geburtstag! Tut mir leid für das zu spät kommen aber Papa hatte noch zu arbeiten."

"Das ist mir jetzt egal, komm ich stell dich meinen Freunden vor, einige kennst du ja, aber ich habe auch neue kennengelernt! Komm!"

KAPITEL 17 DER ANFANG VOM ENDE

"Bruder, Herr Schwarz hat sich heute mit Mutter unterhalten, es scheint, als würdest du enorm gute Leistung im Sportunterricht vollbringen!", sagt Sara.

"Ich bin ja auch der Beste", stolziert er herum und fährt mit einem ernsteren Gesichtsausdruck fort, "oder was hast du erwartet, dass ich so ein Verlierer bin wie du oder Margalith?"

Sara ist still und malt an ihrer Skizze von einem Wolf weiter. Sie hat ein wahres Talent, was das Zeichnen angeht, schon in frühen Jahren malte sie Skizzen die einem langjährigen Künstler ähnelten. Im Anwesen verteilt hängen mehrere Stücke von ihr, von Landschaftszeichnungen bis hin zu Portraits von den Familienmitgliedern. Eine Zeichnung vom Anwesen wurde sogar von Salomon höchstpersönlich auf einer Ausstellung verkauft. Für sagenhafte 15 Millionen Dollar. Der Käufer, ein durch Trades reich gewordener junger Bursche, weiß bis heute nicht das dieses Anwesen, welches bei ihm Zuhause hängt, vom höchstwahrscheinlich mächtigsten Mann der Welt ist. Es trägt den Namen *Pecunia.* Das Geld wurde auf ein Konto in den Malediven transferiert, ausgeschrieben auf Sara

Goldstein. Sie weiß davon noch nichts, es soll ein Geschenk zu ihrem 21. Geburtstag sein, mit den anderen dutzenden Immobilienübertragungen und etlichen Fonds.

Es ist Sonntag, Salomon trifft bald wieder Zuhause ein. Die Arbeitskräfte haben den Eingang bis aufs letzte Blatt gesäubert und die Treppen zum Eingang gefegt sodass man regelrecht darauf schlafen kann.

Die Mutter ruft die Kinder nach unten, "Ephraim! Sara! Angezogen und bereit?"

Die Kinder flitzen nach unten, Ephraim in einem grauen Hemd und Sara in einem cremefarbigen Kleid. Auf ihrem Kopf, das Diadem. Die Reflexionen der Diamanten springen wie wild umher.

"Schick seht ihr aus!", Rinah ist stolz auf ihre Kinder.

Die Klingel ertönt. Die drei begeben sich nach draußen. Der Chauffeur, wie jede Woche, steigt aus und öffnet die Hintertür. Ein großer älterer Mann kommt heraus, es ist nicht Salomon.

"Jake?!", ruft Rinah, völlig perplex.

"Einen wunderschönen Sonntag, lass uns rein gehen Rinah, wir haben zu reden. Ephraim und Sara, geht bitte in eure Zimmer."

Rinah und Jake gehen in das Wohnzimmer, die Kinder begeben sich nach oben in ihre Zimmer.

Jake setzt sich hin, Rinah geht noch in die Küche, um etwas zu trinken zu holen. Sie kommt mit einer Flasche Wasser und zwei Gläsern wieder.

"Dankeschön, Rinah."

Sie setzt sich hin und befürchtet das schlimmste. Wenn Salomon einen Sonntag mal nicht kommt, dann ruft er eigentlich vorher an.

"Rinah, es gibt gute und weniger gute Neuigkeiten, ich fang einfach mal mit den weniger guten Neuigkeiten an. Salomon, die Tabletten, die er immer zu sich nahm, Rosenthal hat sich mit seiner Rezeptur etwas vertan, di-"

Rinah unterbricht ihn, "Was mit ihm passiert? Wo ist er?"

"Lass mich bitte ausreden, Rinah. Die Tabletten sollten ja anscheinend die Lebenserwartung erweitern und jegliche Schadstoffe vernichten. Diesen Zweck haben sie auch erfüllt, dein Mann ist mit seinen über 70 Jahren noch fit wie ein junger Knabe. Nun gut, Salomon liegt nun auf einer seiner Inseln in Untersuchung, Rosenthal ist angereist, um ihn zu betreuen. Ich war ihn gestern Abend besuchen, er scheint wieder bei Sinnen zu sein aber Rosenthal berichtete mir, dass er wohl von Donnerstag bis Samstag im Koma lag. Auch habe ich bei ihm eine kleine Veränderung beobachtet, seine Augen. Sie sehen zwar noch normal aus, aber irgendetwas scheint anders. Es ist schwer zu beschreiben, vielleicht bilde ich mir das auch nur ein. Das war die schlechte Nachricht, die gute ist, dass er noch lebendig ist."

Rinah starrt Jake an, ohne einen Kommentar zu dem ganzen abzulassen. Es ist eine Mischung aus Trauer und Schock, die sie überfällt. Jake lässt sie in Ruhe in Gedanken und begibt sich ins Zimmer von Sara.

Sie sitzt, schon ungeduldig umher wippend, auf ihrem Bett. Ihre Augen tränen, ihr Mund zittert. Sie fühlt, dass Jake mit schlechten Neuigkeiten kommt. Jake klopft an die Tür und geht hinein.
Sara springt sofort auf und überfällt ihn mit Fragen.

"Bleib ruhig mein Kind, alles ist gut. Es gab nur einen kleinen Vorfall, nichts Schlimmes. Mach dir bitte keine Sorgen… oh hör auf zu weinen, komm her mein Kind.", Jake nimmt Sara in den Arm und beruhigt sie.

Die Wärme und Zuneigung von Jake dämpft Saras Trauer schnell ab. Die beiden verweilen noch etwas bis sich Jake schließlich verabschiedet. Er will Ephraim noch aufklären. Auch bei Ephraim klopft er und begibt sich hinein.

Ephraim liest ein Buch, ihn scheint das Ganze nicht wirklich zu interessieren.

"Ephraim, Bursche. Deinem Vater geht es gut, das wollte ich dir nur sagen, mach dir keine Sorgen um ihn, er ist bald wieder da."

140

Ephraim schaut kurz zu Jake auf, nickt, lässt seine Augen wieder in die Bücher fallen und liest weiter.

Jake schließt die Tür hinter sich, er weiß ganz genau, dass die Bar Mizvah in ihm ein Gefühlschaos verursacht hat.

Das Telefon klingelt. Rinah, in der vollen Hoffnung das es Salomon ist, rennt sofort los.

"Schatz?", spricht sie sofort beim Abheben des Hörers los.

"Nein, Rosenthal hier. Salomon ist auf dem Weg zu euch, er ist wie wild aufgesprungen und hat sich in seinen Flieger gesetzt, er wird wahrscheinlich noch heute Abend wieder bei euch sein. Ich habe ihm versucht zu erklären das er noch Ruhe braucht, aber er ging mit einem Zielgerechten Blick zur Tür heraus mit den Worten, *Ich fliege nach Hause*, also habe ich ihn gehen lassen."

"Warum nur? Warum hast du meinem Mann deine Pillen aufgeschwatzt? Wie konnte das nur passieren, du bist doch angeblich ein meisterhafter Arzt! Ich habe noch nicht oft gehört, dass Ärzte versuchen Menschen zu ermorden! Wage es nicht noch einmal hier zu erscheinen!"

"Aber Rinah, ich ha-", Rinah hat das Telefon aufgelegt.

Rinah ist dennoch froh, dass Salomon nach dem Koma noch so fit ist und sich wieder nachhause begibt. Sie ruft Jake zu sich, um weitere Fragen über Salomons Verhalten zu stellen.

Die beiden unterhalten sich stundenlang, schweifen sogar in komplett andere Themen ab. Sogar Gelächter ist vereinzelt zu hören.

Ephraim und Sara sind derweil wieder im Garten und warten auf ihren Vater. Rinah hat verkündet, dass er heute Abend wieder zu Hause erscheint. Sara pflückt ein paar Blumen aus dem Beet und strickt sie zu einem Strauß zusammen. Sie möchte ihren Vater damit überraschen, verziert wird der Strauch mit Obstsorten. Kirchen, Him- und Erdbeeren.

Dieser Sonntag verläuft langsam, Salomons Aufenthalt hat meistens für Stimmung gesorgt im Anwesen.

"... und deine Mutter? Hat sie dabei immer zugehört?", fragt Rinah.

Jake nickt und schaut zu Boden, "Sie hat mir immer wieder gesagt das sie stolz auf mich ist, dass Gegenteil war bei meinem Vater der Fall. Auch wenn ich die schönsten Lieder gespielt habe, sein Desinteresse war größer als euer Portemonnaie!", lacht Jake.

Er erzählt Rinah über seine frühe Kariere als Pianist. Zu großen Auftritten hatte es zwar nie gereicht, aber dennoch fand er am Spielen selbst eine große Freude. Daher steht bei ihm zuhause auch

142

ein exklusiv für ihn angefertigtes Klavier im Wohnzimmer. Auch wenn er nicht mehr so viel Zeit hat es zu spielen, einige kurze Stücke sind am Wochenende immer drin.

Es klingelt. Das Klingeln des Tores. Sara läuft wie verrückt zur Mutter und zieht sie nach draußen. Jake und Ephraim gehen hinterher.

Die schwarze Limousine fährt vor, der Chauffeur steigt aus und öffnet die Hintertür.

Mit einem breiten Grinsen, offenem Hemd und Shorts steigt Salomon aus. Sehr ungewöhnlich.

"Meine Familie, wie habe ich euch vermisst. Kommt in meine Arme!"

Salomon umarmt jeden einzelnen, küsst Sara auf die Stirn und tätschelt Ephraims Wange. Jake bekommt eine ganz andere Begrüßung, er wird als Box Sack benutzt. Mit mehreren leichten Hieben, eher als Scherz gemeinte Geste, schlägt Salomon immer kurz vor Jakes Körper umher, als würde er einen Bauer begrüßen.

"Ahh, der treuste der Treusten, komm her Jake!"

Auch er bekommt nach der kurzen Show eine Umarmung. Salomon scheint vollkommen anders zu ein, ein viel lockerer Mitmensch als vorher.

"Rinah? Ich hoffe mal sehr, dass du Dov Bescheid gegeben hast, ich bin hungrig wie 10 Pferde!"

Rinah errötet, lächelt und nickt. Sie scheint sich erneut in ihn verliebt zu haben.

"Lasst uns speisen Familie."

Jake versucht Salomon zu erklären, dass er langsam auch Heim kehren möchte, er war ja das ganze Wochenende lang mit der Genesung von ihm beschäftigt.

"Salomon, ich fahre nach Hause, meine Frau hat sich da-", Salomon unterbricht ihn.

"Du bleibst! Und nenn mich nicht immer Salomon! Oder möchtest du etwa als Handelsware im Kerker enden?", Salomon fängt hysterisch an zu lachen, so stark, dass ihn sogar schon die Tränen kommen.

Rinahs Augen weiten sich vor Schock und schickt nach dem Satz sofort die Kinder rein, "So, setzt euch schon mal ins Esszimmer Kinder, wir kommen gleich."

Die Kinder gehen rein, nichts ahnend. Rinah versucht Salomon klar zu machen, dass er sich zurückhalten soll mit solchen Aussagen, aber ihm scheint das alles gar nicht so wirklich klar zu sein.

"Ach Frau, früher oder später werden sie es wissen also mach kein Theater!", witzelt Salomon herum.

Er scheint prächtig drauf zu sein. Jake kann sich natürlich nicht gegen den Einwand wehren und bleibt auch zum Essen.

144

"Ich gehe mich noch kurz frisch machen, geht schon mal vor. Ich gehe auch noch kurz Margalith besuchen.", sagt Salomon und geht ins Schlafzimmer.

Rinah und Jake gehen ins Esszimmer. Die Kinder unterhalten sich, Rinah und Jake verstehen sich super und lachen miteinander. Die Stimmung ist fantastisch.

Nach einer kurzen Weile kommt Salomon wieder und setzt sich an den Tisch. Alle schauen ihn völlig erstaunt an. Er hat wieder die gewohnte Kleidung an, seinen Anzug, feine Hose und schwarze Schuhe.

"Ephraim, Sara, ich hoffe ihr seid vorbereitet. Der Test folgt nach dem Essen.", spricht er nüchtern ohne die beiden anzuschauen und schneidet sein Steak in kleine Stücke.

Rinah versucht eine kleine Anekdote über Jakes Vergangenheit zu erzählen, abrupt unterbricht Salomon sie, "Ich bin am Essen, es wird jetzt nicht geredet."

Die Stimmung sinkt, alle schauen zu Salomon wie er stur mit gesenktem Kopf sein Fleisch in Stücke schneidet. Er scheint schlagartig wieder ganz der alte zu sein. Die Familie speist weiter, still und angespannt bis zum Ende.

Nach dem Essen spricht Salomon auf, "Sara, du bist die erste, wenn ich aus dem Badezimmer wiederkomme beginnt der Test."

19.10.2014

Rosenthal hatte tatsächlich Recht. Salomons Überdosierung hat ihn ausgeschaltet. Er lag im Koma – Salomon Suresh Goldstein, der genialste Mann, den ich je kennengelernt habe lag im Koma dank so etwas Stupides wie eine Überdosierung. Ich hoffe sehr, dass er keine ernsthaften Schäden davon trägt.

KAPITEL 18 SULEYRON

Jake Rosenbaum ruht sich nach der anstrengenden Woche in seinem neuen Anwesen aus. Im Garten genießt er die Ruhe und das Gezwitscher der Vögel. Seine Frau Nirelle bringt ihm ein Glas Wasser und etwas Obst.

"Vielen Dank, Liebes."

Seine Frau ist eine herzensgute Dame, Jake ist ihr erster Liebhaber. Seit 60 Jahren verheiratet und immer noch verliebt wie am ersten Tag.

"Bitteschön mein Schatz.", sie küsst ihn auf die Wange und geht wieder ins Anwesen.

Eigentlich sollte er diese Woche die Einzelheiten für das nächste Rat der 10 Treffen organisieren, Salomon gab ihm aber eine kleine Auszeit. Er kümmert sich selbst darum.

Jake weiß nicht genau wie lange das mit Salomon noch gut geht, in den letzten Monaten sind einige Sachen passiert, die ganz und gar nicht zum Oberhaupt des großen Plans passen. Er überlegt, wie er Salomon unterschwellig beibringen kann, sich zusammen zu reißen. Ein harter Brocken, denn Herr Goldstein ist ein Individuum wie kein anderer. Sich Sachen einreden lassen, die persönlich bezogen sind, enden meistens fatal. Jake erholt sich immer noch von der großen Feier. Er befürchtet, dass auch er irgendwann ein Opfer von Salomons Größenwahn wird. Gerade jetzt, wo er doch die zweitgrößte Zentralbank der westlichen Welt zu kontrollieren hat. Wann wird Salomon wieder austicken und die Entscheidung bereuen, Jake die Kontrolle gegeben zu haben? Jake versucht sich zusammenzureißen und die Gedanken zu verdrängen, ohne ihn ist Salomon nur ein alter gebrochener Mann. Die ganzen Planungen kann er unmöglich alleine durchziehen und einen neuen Berater finden, das wird schwer. Auf die Ratsmitglieder ist kein Verlass, das weiß Jake. Er musste immerhin jedes Mal zuhören, wie Salomon über sie lästert und sie als Nutzvieh bezeichnete. In Jakes Augen strebt Salomon etwas an, was eigentlich unmöglich ist. Das Gefährliche an der Sache ist, Salomon ist sich dessen nicht bewusst. Er ist vollkommen von seinem Vorhaben besessen und sicher. Daher auch die sprunghaften Schritte in den letzten Jahren. So wie es scheint möchte er noch zu Lebzeiten sein Vermächtnis beobachten, um anschließend Ephraim den Thron zu übergeben. Ephraims Berater ist auch schon in der Zucht, Jakes Sohn, Veniamin. Zu seinem letzten Geburtstag bekam er von Salomon einen Freizeitpark. Eigentlich schwört Salomon auf *nicht mit dem Normalbürger nahestehende Tätigkeiten* als Erziehungsmethode, aber da Jake aus gleichen Verhältnissen stammt und aus ihm

148

auch ein ordentlicher Berater wurde, hatte er ein Auge zugedrückt. Solange Veniamin nicht aus den Fugen gerät und standhaft seine Lektüren studiert, ist Salomon alles recht. Ephraim jedoch muss bis zu seiner Volljährigkeit wie sein Vater erzogen werden.

"Schatz, Telefon!", ruft Nirelle aus dem Küchenfenster.

Jake steht auf, geht ins Anwesen und fragt, wer dran ist.

"Salomon.", antwortet seine Frau.

"Guten Mittag!", ruft Jake ins Telefon und versucht aktiv zu wirken.

"Jake, Probleme. Ich brauche dich frühestens heute Abend hier in Washington."

Jake atmen langsam ein und aus, leicht genervt.

"Ich bin unterwegs, wohin genau?"

"Treff mich im Hotel de Royal.", Salomon legt auf.

Nirelle hat das Gespräch mitbekommen, "Doch keine freie Woche?"

"Allem Anschein nach nicht."

Jake umarmt seine Frau und küsst sie. Er ruft seinen Chauffeur an und packt anschließend seinen Koffer. Der Chauffeur wartet vor der Tür und Jake lässt sich zu Goldsteins Privatflughafen fahren. Da er ja nun in der Nähe von Salomon wohnt, darf er auch seine Fluggeräte benutzen. Eigentlich könnte er sich eigene Privatjets leisten, für solchen Schnick Schnack interessiert er sich aber nicht.

Am Flughafen angekommen begrüßen ihn die Piloten und Flugbegleiterinnen. Er steigt ein und der Flug beginnt, nach Washington dauert es nicht lange, etwa 2 Stunden. Im Jet macht er es sich bequem und schließt seine Augen.

"Herr Rosenbaum, wir sind gelandet.", spricht die liebliche Stimme der Flugbegleiterin.

Jake geht hinaus und vor dem Jet wartet schon die Limousine auf ihn, geordert von Salomon. Die Fahrt über spielt wieder Dagna, auch Jake hat Gefallen an den Stücken.

Am Hotel angekommen geht er in die Lobby und wartet dort auf Salomon. Ein Kellner kommt vorbei und fragt ob Jake etwas zu trinken haben möchte, er bejaht und der Kellner bringt ihm ein Glas Wasser. Ein großer Fernseher läuft und strahlt einen Nachrichtensender aus.

"… aber natürlich. Die neuen Vorstände werden Europa auf jeden Fall zugutekommen. Das sind alles Personen mit massig Vorerfahrung in diesem Feld und ihr erster Schritt zur Leitzins Änderung zeigt jetzt schon auf, dass sie genau wissen was sie fabrizieren…"

Die Rede ist von Jakes auserwählten Personen der europäischen Zentralbank. Er lächelt und nippt an seinem Glas. Zwei Hände berühren die Schulter von Jake ruckartig, sodass er sich kurz erschreckt und etwas Wasser verschüttet.

"Mensch Salo!", lacht Jake.

Salomon, in Shorts, gelbem Hemd und grünen Schuhen grinst und begrüßt Jake mit einer Umarmung.

"Wie geht es dir, Chef?", fragt Salomon ihn und verdrängt das Jake ihn die ganze Zeit Salomon nennt, er hat sich schon damit abgefunden.

"Den Umständen entsprechend und dir?"

"Mir geht es blendend, komm mit, lass uns im Auto reden."

Die beiden gehen nach draußen und dort wartet schon eine Limousine. Sie steigen ein und der Chauffeur schließt das Fenster um den Bereich zwischen Fahrer und Gäste zu trennen.

"Salomon, wohin geht es? Du meintest es gibt ein Problem?"

Salomon schwingt mit seinen Armen zu der Musik und spricht, "Jake, Jake, Jake… hast du nicht gelernt? Man stört einen alten Mann nicht beim Dirigieren!", lacht er.

Nach ein paar Minuten der Maestro Show spricht Salomon über sein Anliegen.

"Jake, wir fahren zu einer Kunstgala. Ich habe gehört der berüchtigte Suleyron ist persönlich anwesend. Du musst mich beraten beim Kauf seiner Werke."

Jake schaut Salomon verdutzt an.

"Achso, na gut, das ist natürlich echt wichtig.", antwortet er sarkastisch.

"Das ist ein großer Tag Jake. Wir werden Geschichte schreiben!"

"Indem wir ein paar Bilder kaufen?"

"Das sind Kunstwerke, Jake! Jake, enttäusch mich nicht, du meintest doch, dein Vater war Kunstsammler, also musst du doch ein Auge für Prachtexemplare haben!"

Jake nickt und versteht nicht, was mit Salomon geschehen ist. Für solche Banalitäten hatte er ihn noch nie zu sich geholt. Dennoch möchte er Salomon nicht verärgern und ihm seinen Spaß lassen. Bei all den Machtplanungen ist es auch mal gut einfach abzuschalten und das Leben zu genießen.

"Da sind wir!", sagt Salomon und springt aus dem Auto, sodass er fast stolpert und hinfällt.

Eine Schlange von Menschen wartet auf den Einlass, es scheint eine große Veranstaltung zu sein. Salomon und Jake stehen auf der Gästeliste.

"Mister Boldwright, Mister Greenberg, hier entlang bitte."

Die beiden werden von einem Mitarbeiter der Gala zum Saal begleitet.

"Boldwright und Greenberg?", fragt Jake.

Salomon lacht und zeigt auf Suleyron, "Da ist er,

schnell zu ihm bevor die anderen ihn erdrücken!"

Beide gehen zu ihm und schütteln ihm die Hand.

"Wie schön dich endlich kennenzulernen Suleyron, ich habe ein Werk von dir im Anwesen hängen, es trägt den Namen *Verhindertes Mahl*, ein exzellentes Gemälde!"

Suleyron, nah-östlichen Ursprungs mit Schnauzbart und Pilotenbrille verbeugt sich und bedankt sich bei Salomon.

"Vielen Dank für das Kompliment, ich hoffe sie finden hier heute ein weiteres Stück für ihre Sammlung. Einen angenehmen Abend wünsche ich ihnen beiden!"

"Darauf können sie wetten!", antwortet Salomon und verabschiedet sich von Suleyron, Jake gleich hinterher.

Salomon und Jake schlendern durch die Gala und begutachten die Gemälde. Salomon bleibt bei einem gewissen Bild stehen und bittet Jake darum, ihm seine Interpretation mitzuteilen. Auf dem Bild sind drei Personen zu sehen, zwei Männer und eine Frau, sie stehen nebeneinander mit den Händen hinter dem Rücken vor einem Gebäude. Jake begutachtet das Gemälde und beginnt mit seiner Interpretation.

"Der Pinselduktus ist schrill aber dennoch ruhig. Die detailgetreue Darstellung erinnert an antike Gemälde aus dem 15. Jahrhundert. Die drei Personen lächeln, aber da sie ihre Hände hinter dem Rücken verdecken, denke ich, dass es sich nur um eine Illusion der Zufriedenheit handelt. Das Gebäude sieht heruntergekommen auf, deutet also alles auf eine arme Gegend hin. Der blaue Himmel wiederum strahlt Hoffnung aus. Sie sind nicht glücklich aber versuchen ihr Leben vollkommen auszuleben. Daher auch die etwas dreckigen Kleider, anscheinend hatten sie kurz vorher ein Abenteuer oder sind einfach nur Arbeiter. Ich tendiere zu Abenteuer, denn ihre Gesichter zeichnen keine Falten, heißt Stress haben sie nicht. Es muss sich also um ihre Umstände halten, warum sie nur eine Zufriedenheit vortäuschen. Der rechte Fuß der Dame neigt ein kleines bisschen mehr nach rechts, sie mag den Mann zu ihrer rechten mehr. Wahrscheinlich weiß er es noch nicht einmal, sein Blick deutet auf seine Unwissenheit hin. Der Mann zu ihrer Linken schreit nach der Aufmerksamkeit der Dame, auch wenn man es ihm nicht ansieht. Das leicht verzogene Lächeln verrät ihn dennoch. Umso länger ich das Bild betrachte, umso mehr schätze ich es. Salomon, kauf es!", Jake scheint völlig von dem Bild zu sein.

"Extrem gut gedeutet.", spricht eine Stimme.

154

Salomon und Jake drehen sich um und Suleyron steht hinter ihnen.

"Ich konnte nicht die komplette Interpretation mitbekommen, aber das was ich hörte, war sensationell. Nur ein kleiner Hinweis. Das sind Geschwister und ja, der junge Herr zu ihrer Linken ist verliebt in seine Schwester, die wiederum in seinen Bruder verliebt ist. Das ist das alte Haus der Familie."

Salomon ist geschockt, "Nathan Greenberg du alter Hund, wenn wir das nächste Mal bei mir sind, deutest du die Bilder meiner Tochter!"

Die drei lachen und unterhalten sich noch etwas bis Salomon fragt wie viel das Gemälde, kostet.

"Es wird gleich versteigert, leider habe ich keinen Einfluss darauf, mein Manager regelt das ganze hier."

Salomon und Jake gehen noch etwas durch den Saal bis die Versteigerung beginnt, es handelt sich um eine offene Auktion.

"Meine Damen und Herren, liebe Gäste, setzen sich bitte hin, die Aktion beginnt in wenigen Minuten. Nehmen sie sich bitte eins der Zahlenschilder, ich wünsche ihnen allen ein erfolgreiches bieten!"

Salomon geht zu dem Tisch mit den Schildern und nimmt sich die Nummer 32. Nach kurzem umschauen winkt Jake ihn rüber zu einem freien Platz neben ihm.

Die Auktion beginnt und die Anwesenden bieten drauf los. Ein Landschaftsgemälde ist als Erstes dran.

Der Auktionator, ein ausgefallener Typ, überhaupt nicht passend für die Szene der Gäste beginnt mit der Ansage.

"2 Millionen Dollar von der Nummer 10, höre ich 3 Millionen? Drei Millionen für dieses Meisterwerk ist glatt geschenkt!"

Ein weiterer Gast hebt sein Schild.

"3 Millionen von der Nummer 7, zum ersten! Zum zweiten! Verkauft an die Nummer 7!"

Es folgen vier weitere Bilder bis Salomons erwünschtes angeboten wird.

"Nun zu einem Werk mit dem Namen *Hoffnung*, ein Werk wie kein zweites! Das Startgebot liegt bei 10 Millionen Dollar!"

Salomon schmunzelt und hebt sein Schild.

"10 Millionen Dollar von dem Herrn mit der Nummer 32, höre ich 15 Millionen? 15 Millionen, einmal schön reisen gehen oder dieses Meisterwerk auf Ewigkeiten besitzen, die Entscheidung liegt bei ihnen!"

Eine alte Dame hebt ihr Schild.

"15 Millionen Dollar von der edlen Dame im roten Kleid, sie hebt die Nummer 21! Höre ich 20 Millionen? 20 Millionen, wer hier nicht zuschlägt, sollte man erschlagen!"

Salomon hebt lächelnd sein Schild.

"Ah, ein Kenner! 20 Millionen von der Nummer 32, höre ich 25 Millionen? 25 Millionen Dollar, manche Leute bezahlen diese mickrige Summe, um ein Wochenende in Ruhe mit Geschäftspartnern im privaten Golf Club zu dinieren und kleine Bälle in kleine Löcher zu schießen! Zwischendurch ein paar Aktien kaufen und online Jets shoppen oder das Bild vom Meister höchstpersönlich."

Die ältere Dame hebt ihr Schild.

"Die wunderschöne Dame mit der Nummer 21 bietet 25 Millionen Dollar, höre ich 30?"

Salomon, leicht verärgert, hebt sein Schild.

"Oh, ein Krieg bricht aus! 30 Millionen von dem Herrn im gelben Hemd mit der Nummer 32. So wie er gekleidet ist, weiß er haargenau was gut ist! Apropos haargenau, höre ich 35 Millionen Dollar? Denn das ist haargenau das, was dieses Stück mindestens an Wert besitzt!"

Salomon schaut rüber zur alten Dame im roten Kleid, sie scheint ihr Schild nicht mehr zu heben. Dafür hebt ein junger Bursche sein Schild, er ist höchstens 25 Jahre alt.

"35 Millionen Dollar von dem jungen Burschen mit der Nummer 13! Warte mal, darfst du denn überhaupt um diese Uhrzeit noch raus? Ein bisschen Spaß muss sein Leute, denn ein Witz sind auch die 35 Millionen Dollar! Höre ich 40 Millionen? 40 Millionen Dollar, wenn ich diese Zahl höre, wird mir ganz schlecht, dieses Kunststück für solche Groschen wegzugeben ist eine Wohltat!"

Salomon reicht es, er hebt sein Schild und ruft, "Ich biete 100 Millionen Dollar!"

"Endlich jemand, der mich versteht! Der anspruchsvolle Herr mit der Nummer 32 bietet sagenhafte 100 Millionen Dollar! 100 Millionen Dollar, nun ja, da fällt selbst mir kein Spruch mehr ein!"

Der junge Bursche hebt sein Schild, "150 Millionen!"

"150 Millionen Dollar von dem Knaben mit der Nummer 13! Seine Eltern werden es nicht bereuen! Der Herr mit der Nummer 32 läuft schon vor Wut rot an, bieten sie höher oder überlassen sie es dem Burschen?"

Salomon rastet aus und wirft sein Schild gegen den jungen Burschen. Der Saal wird ruhig und alle Blicke richten sich zu Salomon.

"Du kleiner mieser Hund!"

"Nummer 32 beruhigen sie sich!"

Salomon setzt sich wieder hin und schreit:

"500 Millionen Dollar!"

Man hört im Saal nur noch Geflüster.

"500 Millionen von der Nummer 32, ich glaube ich spinne! *Wer bietet mehr* kann ich mir hier wohl sparen. Zum ersten! Zum zweiten! Verkauft an die Nummer 32!"

Salomon geht nach vorne und schnappt sich sein frisch erworbenes Gemälde. Der Auktionator hindert ihn nicht daran, auch wenn es eigentlich üblich ist erst nach der Auktion die Gemälde auszuteilen.

Salomon zahlt mit einer Kreditkarte. *George Boldwright* ist der Inhaber des Kontos. Eines von Goldsteins verdeckten Konten, er selbst besitzt natürlich keine auf ihn ausgeschriebene Karte.

Das Gemälde wird am Eingang transportsicher verpackt und in den Kofferraum der Limousine gepackt. Salomon und Jake setzten sich in das Auto und fahren wieder zurück zum Hotel.

"Salomon, du bist ein abgefahrener Typ!"

Wenn man das Gespräch so mithört, kommt man nie darauf, dass zwei alte Herren sich unterhalten.

"Dieser Knabe hat mich zur Weißglut getrieben, er kann froh sein das ich heute gut drauf bin, sonst wäre er im Kerker gelandet!"

Beide lachen und wedeln mit den Armen zur Musik. Jake ist super drauf, er fand die Ausstellung sehr amüsant.

"Es war schön mit dir Salo, aber wie sieht es mit meiner freien Woche aus? Regelst du das immer noch mit der Planung des Ratstreffens?"

"Natürlich, nimm dir frei! Nimm nur das Gemälde mit und lass es bei mir Zuhause ab. Ich fliege morgen zum meinem Büro."

Am Hotel angekommen verabschieden sich die zwei mit einer Umarmung.

"Bis nächste Woche Salo!"

Salomon zwinkert ihm zu, geht ins Hotel und Jake lässt sich wieder zum Flughafen fahren.

27.11.2014

Das war es wohl mit meiner freien Woche. Nach den Eskapaden von Salomon brauchte ich erst mal eine Auszeit. Nirelle wollte mit den Kindern einen Ausflug nach Florida unternehmen, daraus wurde aber nichts. Salomon kam dazwischen.

Ich muss zugeben, es hat mir mehr Spaß gemacht als ich zugeben mag. Im Hotel de Royal war diese Kunstgala mit dem High-Society Maler Suleyron. Seine Werke haben mich begeistert! Salomons Auktionsverhalten war aber die absolute Perle an diesem Abend. So habe ich ihn noch nie erlebt, ich habe mich köstlich amüsiert. Das Gesicht des jungen Burchen als Salomon eine halbe Milliarde auf das Bild bot, war unbeschreiblich gut. Eine halbe Milliarde – für ein Bild. Es gibt Banken deren Jahresabschluss nicht mal die hundert Millionen Marke erreicht.

KAPITEL 19 RAT DER 10

Vor dem Schloss Goldstein wartet ein Team von Servicemitarbeitern auf die Ankunft der Rat der 10 Mitglieder. Sie wissen nicht, in welchem Umfang dieses Treffen ihr Leben beeinflussen wird, sie machen nur ihren aufgetragenen Job.

Die erste Limousine kommt gegen Mittag an, es ist Isaak Nussberg, Politiker aus Luxembourg und Gründer der Denkfabrik *A New Generation*.

In der zweiten Limousine, Mosel Baummann, Vorstandsvorsitzender der *Baummann & Söhne Bank* und führendes Mitglied der Bank für Internationalen Zahlungsausgleich.

Die dritte Limousine beinhaltet Ethan Bissfinger, Vorstandsvorsitzender des Pharmakonzerns *Pharmsa*.

Limousine Nummer vier fährt kurz danach vor und aussteigen tut kein anderer als Salomons Bruder Shlom Goldstein, Inhaber des Immobilienkonzerns *Goldstein Group*.

In der fünften Limousine befinden sich zwei Brüder, enge Vertraute von Goldstein. Ehub und Laban Grün, Vorstände von *Green Industries*, der Weltweit größte Rüstungskonzern.

Das siebte Mitglied fährt in einem Jeep vor, eigenhändig. Es handelt sich um den Medienmogul

Hennoch Liebmann, unter seinem Konzern verflechten sich 90 Prozent der westlichen Medien zu einem großen Drachen.

Limousine Nummer acht fährt vor, Amon Lew, Sohn des Gründers der CIA. Wenn ein Staat sich gegen eine Ressourcenausbeutung oder territoriale Machtübernahme wehrt, dann ruft man ihn.

Die Mitglieder begeben sich in die Lobby und tauschen sich über das heutige Thema aus, solange der Gründer noch nicht da ist

"Hast du von Salos Aktion in Kongo gehört? Der hat es doch tatsächlich geschafft die Erzpreise zu pushen, ein Massaker im Osten des Landes und zack – Lieferwege zur Küste wurden unmöglich befahrbar. Geniale Aktion, 32.3 Prozent waren drin.", spricht Mosel Baummann zu Shlom Goldstein.

"Habe ich nicht mitbekommen, Erze sind für mich schon lange nicht mehr lukrativ. Hätte ich mal lieber meinen Shares behalten!", beide lachen.

Mosel fährt fort, "Eigenartig, dass *Der Aufschwung* das heutige Thema ist. Wir haben nicht mal das *Ok* von der Hälfte der Lobbyisten zum Fall des parlamentarischen Vorbehalts der europäischen Staaten, also warum jetzt schon über den König herfallen?"

Shlom zuckt mit den Schultern, "Vielleicht hat er ja was in petto was wir noch nicht wissen. Unser

Vater hatte immer gesagt, Salo überstürzt nicht, er beobachtet wie eine Eule. Das konnte ich bei ihm nun seit unserer Kindheit beobachten, ich vertraue ihm voll und ganz."

Die letzte Limousine trifft ein. Salomon und Jake steigen aus und begeben sich in die Lobby.

"Meine Herren, wir sehen uns gleich am Tisch, entschuldigt mich kurz."

Salomon, wieder im seriösen Anzug, geht zum Badezimmer um sich etwas frisch zu machen. Dort angekommen steht er vor einem Spiegel.

"Meine Güte siehst du alt aus", spricht er in Gedanken, "mein Geist ist jung, mein Körper alt. Was für ein Dilemma."

Nach einem kurzen Gespräch mit sich selbst, begibt er sich schließlich zum Konferenzraum zu den anderen. In dem Raum ist ein großer runder Tisch, perfekt gebaut für genau 10 Plätze, die Deckenleuchte – ein Hexagramm aus Gold, verziert mit großen Diamanten an jedem der sechs Ecken.

Jake sitzt, wie immer, neben Salomon und protokolliert alle wichtigen Informationen, auch er hat keine Ahnung über Salomons Anliegen.

"Ich heiße Sie herzlich willkommen zur heutigen Sitzung. Einige, ich schaue unter anderem dich an Mosel, zweifeln an meiner Vorgehensweise und das seit geraumer Zeit. Ich kann euch beruhigen, nein, ich mache keine voreiligen Züge, ich strebe dennoch eine baldige Umsetzung des Planes an. Isaaks überarbeitete *Agenda 2020* wird früher als geplant umgesetzt. Wir setzen auf die üblichen Methoden. Ich weiß, es ist höchst riskant und höchstwahrscheinlich auch Selbstmord, aber die Europäer lassen sich immer schwieriger in die gewünschte Richtung lenken. Die paar Militärübungen an der Grenze Russlands nützen nichts, außer Säbelrasseln. Wir müssen zuschlagen und das hart. Europa wird wieder zum Schlachtfeld, koste es, was es wolle. Unser Angriffsbündnis wird Artikel 5 einsetzen und das ohne unseren Einfluss, da bin ich mir sicher. Dann kommt endlich der eigentliche Feind dran, China."

Alle Herren starren Salomon an, in ihren Gesichtern kann man Misstrauen erkennen. Salomon scheint sich völlig von der Realität entfernt zu haben.

Isaak Nussberg kann nicht mehr ruhig zusehen, er fängt an drauf loszureden.

"Salo, ich weiß nicht was in dich gefahren ist, mögen mich die Herren hier korrigieren wenn ich falsch liege, aber du scheinst komplett wahnsinnig geworden zu sein. Entschuldige bitte meine Aussprache aber das musste mal gesagt werden. Unsere Raketenabwehrsysteme sind nicht mal zu 50 Prozent aufgestellt, die europäische Armee ist völlig in der Unterzahl, auch wenn wir die Hälfte des

Militärs der Vereinigten Staaten versenden, China könnte unsere Seemacht im nu zerstören, Indien wird auch nicht einfach so tatenlos zusehen und du redest von Erstschlag mit Erfolgsaussichten? Es ist verdammt nochmal zu früh! Unsere Agenten arbeiten seit Jahren an einen Putsch in Russland und du willst all die Arbeit mit einem Zug vernichten?"

Salomon bleibt ruhig und entspannt. Er fährt seine Rede fort.

"Unrealistisch, aber nicht unmöglich. Was denkt ihr, warum haben wir diese Unmengen an nuklearen Sprengsätzen? Als Abschreckung sehr nützlich aber als Erstschlaginstrument noch viel nützlicher."

Shlom versucht seinen Bruder zuzureden, er weiß ganz genau welche Drähte angepeilt werden müssen:

"Du weißt, ich habe immer zu dir aufgeschaut. Anscheinend vergisst du dabei aber etwas, die komplette Vernichtung der Erde. Über was willst du herrschen, wenn nichts mehr da ist? Vier, fünf Generationen im Bunker verweilen, um anschließend wieder alles neu zu errichten? Das geht nicht auf. Wir haben unzählige Experten engagiert, um Pläne zu kreieren, wie wir unsere Feinde unterwandern können, mit wenig Erfolg, trotzdem arbeiten wir stetig daran die Kurve zu erhöhen. Jetzt kommst du an und willst die Welt zerstören, nur weil du es könntest?"

Salomon, immer noch ruhig und gelassen, fragt in die Runde, wer denn überhaupt zu ihm steht. Die Blicke wenden sich nach unten, es scheint, als stehe er alleine mit seinem Vorhaben da.

Jake versucht Salomon subtil verstehen zu geben, das noch mehr Zeit nötig ist.

"Salomon, mein Freund. Als dein persönlicher Berater empfehle ich dir die ganze Sache zu überdenken. Der Finanzmarkt ist auf Crash-Kurs, so wie es aussieht, wird der fatale Fall der Währungen einige neue Türen öffnen aber wem sag ich das. Du warst immer ein sehr geduldiger Mann, seit wir uns kennen. Überstürze jetzt nichts."

Salomon schaut in die Runde. Er merkt selbst, welche Konsequenzen das ganze haben würde. Er senkt seinen Kopf und spricht:

"Meine Herren, ich lass es nun raus. Ich lag im Koma, Jake weiß davon. Nicht lange, aber das reichte um mir zu zeigen das ich wahrscheinlich nicht mehr lange zu leben haben. Rosenthal versprach mir, dass ich noch mindestens 15 gute Jahre vor mir habe und dann passierte so etwas. Ich bin froh, dass ich Ephraim und Sara habe, ihr wisst ja was mit meinen zwei Kindern zuvor passierte. Eigentlich hätte ich jetzt schon meinem ältesten Sohn den Thron überreicht, aber so läuft halt das Leben. Ephraim wird mich stolz machen, das weiß ich."

Es scheint als hätten die Tabletten, die er immer zu sich nahm, sein Hirn zweigeteilt. Das Absetzen der Tabletten hat starke Nebenwirkungen wie es aussieht und nach dem Koma wusste Rosenthal, dass Salomon eine wandelnde Zeitbombe ist.

"Schön, dass du zu dieser Einsicht gekommen bist Salo.", sagt Amon Lew.

Der Rest steht auf und beklatscht Salomon, während er voller Scharm den Raum verlässt. Jake begleitet ihn nach draußen und bittet ihn nachhause zu fahren mit dem Wunsch, er solle eine Auszeit nehmen. Salomon nickt und geht nach draußen zu seiner Limousine, Jake fährt mit ihm.

"Was ist nur los mit ihm?", fragt Ethan Bissfinger.

"Ganz klare Sache, er ist deprimiert und ein deprimierter Mann in seiner Position tendiert zu fragwürdigen Aktionen. Dazu noch realisiert er, dass er nicht unsterblich ist, der große Salomon.", antwortet Amon Lew.

Shlom zögert nicht lange und stoppt die Runde des Hasses.

"Hört auf damit, er wird sich von selbst wieder einkriegen. Ich besuche ihn diese Woche mal und schaue, was ich machen kann."

Hennoch Liebmann, der die ganze Zeit über das ganze beobachtet hat, meldet sich zu Wort:

"Der Zug ist abgefahren, Shlom."

KAPITEL 20 VERLORENE KINDHEIT

"Vater! schau mal hier!", sprach Salomon zu seinem Vater. Er präsentierte ihm seine erste eigen erstellte Bilanz.

Balthasar Goldstein schaute sich das ganze kurz an, nickte kurz und sagte:

"Das kannst du besser, präsentier' mir etwas worauf ich stolz sein kann und nicht diese paar krumme Zahlen."

Salomon war enttäuscht, selten bekam er den nötigen Respekt den er verdiente. Er verkroch sich in sein Zimmer zurück und studierte weiter in seinen Büchern.

Charlotte, die Mutter von Salomon, beobachtete das Ganze und redete auf Balthasar ein:

"Mensch! Wenn du so weiter machst wird er noch so verkommen wie dein Bruder!"

"Misch dich nicht immer in meine Angelegenheiten an, das ist die Erziehung, die auch ich Genoss und nun schau mich an.", stand er stolz da, als würde allein seine Haltung Beweis genug dafür sein das aus ihm ein prächtiger Mann geworden ist.

"Salomon!", rief eine dunkle herrische Stimme.

Der kleine Salomon kam angelaufen.

"Ja Vater?"

"Knie dich hin."

"Was habe ich denn verbrochen?", fragte Salomon verwirrt.

Der Vater schmiss den kleinen Jungen zu Boden und prügelte mit seinem Gürtel so lange auf ihn ein, bis kein Ton, kein Hilfeschrei mehr aus ihm heraus kam. Solche Taten waren reine Routine bei den Goldsteins. Der andauernde Schmerz wurde einfach mit weiteren Schmerzen ausgeglichen. Nur nicht ins Gesicht, versprach sich der Vater. Freunde und Bekannte sollten von all dem natürlich nichts mitbekommen.

Die Tage im Anwesen der Goldsteins waren meist alles andere als freudig. Autorität, Pflichtbewusstsein und absoluter Gehorsam gehörten nur zu einigen der indoktrinierten Regeln.

Die anderen Kinder wurden gleichermaßen behandelt, Salomon traf es aber immer härtesten denn in ihn sah der Vater seine Zukunft.

Nach dem Abendessen wies der Vater seinen Sohn in den Bücherraum.

"Du warst heute ungezogen, zieh deine Hose aus.", Salomon weigerte sich wie jedes Mal und wie immer musste der Vater selbst bei seinem Akt der Zerstörung eingreifen.

Er riss ihm die Hose runter und missbrauchte ihn solange bis er aufhörte zu weinen. Nach dem Horror sagte er immer ganz ruhig, "Du wirst mir eines Tages dafür danken.", und ging aus der Bibliothek. Salomon, verstört und auf dem Boden vor

Schmerzen, regte sich eine Weile nicht, bis er von selbst wieder die Hose hochzog und zu Bett ging.

Auch diese Quälereien gehörten zum Standard in Balthasars perfider Erziehung. Er sah darin nicht nur Gefallen, sondern auch eine Hilfe seine eigenen zerstörten Gefühle wieder gerade zu biegen. Dies wurde leider zu einem Dauerzustand, immer wenn Vater sich wieder mit seiner eigenen Seele konfrontiert gefühlt hatte, packte er eines der Jungen und ließ all seine Wut an ihnen aus. Salomon bekam die meiste Wut ab.

"Bring mich einfach nur um.", sprach Salomon zu seinem Bruder David.

"Wenn du etwas willst, musst du es schon selbst machen, vergessen?", antwortete David und las weiter in seinem Buch.

KAPITEL 21 AMICITIA

Bill Whitehaupt befindet sich in Luxembourg und hat ein Treffen mit Isaak Nussberg veranlagt. Er hat enorme Fortschritte im Nah-Ost Krieg aufzuweisen und fragt Isaak deshalb, welche Züge als nächstes in Frage kommen. Die Expertisen werden von Isaak im Vorfeld vorbereitet und den entsprechenden auszuführenden Personen übermittelt. Nach einem Monat voller Bombardements braucht Bill nun weitere Ziele, er lässt sein Personal ungern in Kriegsgebieten ohne Struktur zurück.

Die zwei Herren treffen sich in einem Hotel außerhalb der Stadt. Die angesammelten Aufträge, welche auf der Wilderberger Konferenz befohlen wurden, sind abgeschlossen. Isaak hatte den Auftrag weitere strategische Ziele ausfindig zu machen und diese in Planungspapieren niederzuschreiben. Bill und Isaak verstehen sich prächtig, sind sogar mit der Zeit gute Freunde geworden.

Sie treffen sich zum gemeinsamen Essen, reisen zusammen mit den Familien durch die Welt oder unterhalten sich stundenlang per Telefon.

Das Hotel in dem sie sich treffen ist höchst symbolisch, es trägt den Namen *Wilder Berg*. Das erste Treffen der Wilderberger nach dem zweiten Weltkrieg wurde hier abgehalten.

Bill steht vor dem Hotel und pafft sich eine Zigarre, der Inhaber des Hotels kennt ihn persönlich, daher darf auf dem Gelände trotz Rauchverbot rauchen. Der letzte, der ihn auf ein Rauchverbot aufmerksam gemacht hat, liegt nun in einem Wald begraben.

Ein silberner Wagen kommt angefahren, Isaaks Privatauto.

"Billy, schön dich zu sehen, ich hoffe ich komme nicht zu spät. Ich war noch im Hauptquartier und hatte unseren Termin fast verplant!"

Ein Servicemitarbeiter kommt angelaufen und fährt das Auto in die Tiefgarage. Isaak steckt ihm zwei 500 Euro Scheine in seinen Sakko.

"Alles gut, alles gut Issak. Auch schön dich zu sehen, wie geht es der Familie? Geht es deiner Tochter gut?"

"Blendend geht der Familie, Sofia hat mir gestern einen Kirchkuchen gebacken, ich sags dir Billy, hervorragend! Lisa geht es auch super, sie hat nach dir gefragt als ich vorhin sagte ich treffe mich mit dir. Ich soll dir viele Grüße bestellen und dir das hier geben."

Isaak greift in seine Hosentasche und holt ein Blatt Papier heraus.

"Dieses Mädchen, einfach nur himmlisch.", sagt Bill und schaut sich das Bild an.

174

Eine kindliche Zeichnung von dem letzten Urlaub, darauf zusehen ein Meer mit Strand, Lisa und Bill wie sie Händchen halten und Isaak der sich sonnt.

"Ich werde ihr nachher etwas Schönes kaufen."

Isaak lächelt und nickt, "Das würde sie bestimmt aufmuntern. Ihr Hamster ist vor ein paar Tagen von uns gegangen, du weißt ja wie Kinder sind."

Nach einer Weile der Unterhaltung begeben sich die beiden in das Hotel. Sie setzen sich in den leeren Esssaal und fangen mit ihrer Arbeit an.

Isaak hat einen neuen Stapel an strategischen Papieren vorbereitet und Bill überreicht ihm die ausgefüllten Protokolle.

"Hmm, eigenartig", spricht Isaak, "in Khul Hurtsa hast du ein Lager markiert, welches nicht auf meiner Liste ist, selbiges in Tush'Ran. Was sind das für Lager?"

Bill zieht das Blatt zu sich rüber, schaut einmal drüber und erklärt, dass es sich um neue Drohnenaufnahmen handelt.

"Weiter geht es mit Ragdahad, was meinst du mit *falsches Ziel angegriffen*?"

Bill zieht sich das nächste Papier rüber, schaut drüber und erklärt, "So wie es da steht. Ich habe 10 Befehle herausgegeben, die sich als falsch erwiesen haben, passiert."

Isaak nickt kurz, zieht seine Brille wieder auf die Nase und fährt mit der Begutachtung der Protokolle fort. Nach etwa 20 Minuten hat er seine Analyse fertiggestellt während Bill sich in der Zwischenzeit ein Glas Whiskey gegönnt hat.

"Ansonsten scheint alles nach Plan gelaufen zu sein, kommen wir zu den nächsten Zielen."

Bill bestellt sich noch ein Glas Whiskey.

Isaak schaut ihn verärgert an, "Du weißt doch das ich das nicht ausstehen kann wenn du dich betrinkst während wir planen."

Nach einer kurzen Weile der Ruhe und der bösen Blicke fährt Isaak fort.

"Nun, der nächste Monat wird etwas umfangreicher, solltest du aber hinbekommen, zieh dir zur Not die Armee von Conrad hinzu."

Bill schaut sich die Expertisen an, fragt einige Einzelheiten, macht sich Notizen und bestätigt den Erfolg in einem Monat.

"Ist machbar, auch ohne Connis Truppen."

Nach etwa einer Stunde ist die Unterhaltung vorbei und die neuen Einsätze geplant. Die Ausführung beginnt am Anfang des nächsten Monats.

"So Billy, nun kannst du dir gerne eine Flasche reinkippen!", lacht er Isaak und bestellt ihm eine Flasche Whiskey.

"Sehr gerne sogar, wenn du mich gleich zum Flughafen fährst?"

Isaak bejaht und der Kellner bringt die Flasche. Ein Glas ist nicht nötig, die Flasche hebt er nur einmal an und schon ist die Hälfte weg.

"Jetzt mal ernsthaft Billy, wenn du so weiter machst, müssen wir uns um deinen Nachfolger kümmern."

Bill lacht sich schlapp, obwohl es eigentlich eine ernstgemeinte Aussage von Isaak war.

"Lass uns noch was essen bevor wir fahren, geht auf mich.", sagt Bill.

Isaak bedankt sich und ruft den Kellner. Beide genießen noch ein Mahl vor der Fahrt und begeben sich nach draußen zu Isaaks Auto.

Bill hat derweil mehr als eine Flasche Whiskey intus, man merkt es ihm aber überhaupt nicht an. Sie steigen ins Auto und fahren los. Auf dem Weg fällt Bill noch ein, dass er noch ein Geschenk für Isaaks Tochter Lisa kaufen möchte.

"Halte noch kurz in der Stadt, am besten bei *Ruitsas*."

Isaak nimmt die nächste Ausfahrt, der Laden ist keine 10 Minuten entfernt. Dort angekommen geht Bill herein und schaut sich eine Weile um. Er kommt nach einer Weile mit einem Paket in Geschenkpapier eingewickelt wieder.

"Und? Was ist es?", fragt Isaak.

"Ein schönes braunes Kleid. Fahr mich noch zum Juwelier."

"Oh, heute in Spendierlaune?"

"Für dieses kleine Goldstück immer!"

Isaak fährt um die Ecke und da ist auch schon ein Juwelier. Bill begibt sich in den Laden und befragt die Verkäuferin.

"Eine Kette und Anhänger aus Diamanten für das liebste Kind, was können sie mir anbieten?"

Die Verkäuferin zeigt ihm drei Exemplare, alles Meisterwerke.

Er zeigt auf die zweite Kette und fragt, ob die Verkäuferin nicht noch andere Anhänger hat, etwas mit mehr Diamanten. Sie bejaht und zückt ein Herzanhänger aus, bestückt mit 32 Diamanten.

"Das ist es!", sagt er euphorisch und holt seine Kreditkarte heraus.

"Gute Auswahl, Kette plus Anhänger koste-", bevor sie den Preis nennen kann, unterbricht Bill sie.

"Davon möchte ich nichts wissen, streichen sie einfach die Karte in ihrem Gerät hin und her und packen Sie die Schmuckstücke schön ein, es soll ein Geschenk werden. Die Quittung können Sie auch direkt wegschmeißen."

Die Dame ist erstaunt, befolgt aber den Befehl. Bill geht wieder heraus und steigt ins Auto. Isaak fragt neugierig was er Lisa gekauft hat.

"Ein paar Diamantenklunker."

Isaak grinst und klopft Bill auf die Schulter, "Du bist ein guter Patenonkel!"

Sie fahren wieder los in Richtung Flughafen.

"Fahr hier rechts und direkt 20 Meter danach links, zu der Zeit sind auf den Hauptstraßen immer Staus."

Isaak stimmt ihm zu und er befolgt der Anweisung. Die Strecke ist umzingelt von einem Wald, weit und breit nur Bäume, wo man nur hinsieht.

"Halt da vorne, ich muss mich entleeren, der Whiskey will raus!", beide lachen und Isaak hält am Straßenrand. Bill steigt aus und geht ein paar Meter in den Wald.

Nach ein paar Minuten fragt sich Isaak, was Bill denn solange macht, "Will er den ganzen Wald gießen?"

Bill erscheint hinter den Büschen und winkt Isaak zu sich, seine Geste deutet darauf hin, dass er etwas gefunden hat. Isaak steigt aus und geht in seine Richtung, Bill aber geht immer weiter in den Wald rein, bis er an einem kleinen Teich ankommt und auf Isaak wartet.

"Was ist denn?", fragt er, "Hast du den Teich gerade gepisst oder was?"

Bill steht ohne sich regen vor dem Teich.

"Bill?", Isaak geht zu ihm.

"Es tut mir leid, mein Freund."

Bill kniet sich hin, holt eine Pistole aus einem Holster welches über seinem Schuh befestigt ist und richtet sie auf Isaak.

Isaak starrt ihn an, völlig geschockt. Seine Augen weiten sich.

"Bill, soll das jetzt ein schlechter Witz sein…"

"Es tut mir unendlich leid, ich glaube ein solches Zittern in den Beinen hatte ich noch nie, bevor ich jemanden erschieße."

"Das macht die Sache nicht besser, beantworte mir nur eine Frage. Waren wir je Freunde?"

"Das waren wir und werden wir auch bleiben, ich werde mich um deine Familie kümmern, es wird ihnen an nichts fehlen."

Isaak schließt seine Augen, neigt seinen Kopf nach unten und hält seine Hände hinterm Rücken.

Die Vögel zwitschern wie verrückt und fliegen aus dem Wald.

Bill steigt in Isaaks Wagen und fährt los, nicht in Richtung Flughafen, sondern zu Isaak nachhause. Am Anwesen angekommen, läuft Lisa nach draußen um ihren Vater zu begrüßen. Als sie sieht, dass Bill in dem Auto sitzt, bleibt sie stehen und fängt an zu lächeln. Er steigt aus, geht zu ihr und umarmt sie.

"Wo ist mein Papa?", fragt sie.

"Es tut mir leid mein Kind, Papa ist bei unserem Treffen umgefallen, Herzinfarkt."

180

Lisa fängt an zu weinen und Bill drückt sie immer fester zu sich um sie zu beruhigen. Er trägt sie ins Anwesen, um der Mutter die schlechte Nachricht zu überbringen.

Sofia, die Mutter, schneidet in der Küche Obst zurecht und lässt abrupt das Messer fallen als sie ihre Tochter weinen hört. Sie rennt zu ihr und als sie Bill sieht, fragt sie sofort wo Isaak ist.

"Papa ist tot! Papa ist tooot! Er hatte einen Herzinfarkt!", weint die Tochter.

Sofia fällt auf ihre Knie und hält die Hände vor dem Gesicht. Ihre Tochter geht zu ihr und beide sitzen auf dem Boden und trauern um den Verlust. Bill kann die ganze Zeit nichts anderes machen als die beiden anstarren und mitzutrauern, er geht zu ihnen hin und streichelt ihre Köpfe.

"Er hat euch immer geliebt, das wisst ihr. Ich werde mich um euch kümmern, finanziell wird es euch an nichts fehlen. Gerne könnt ihr auch in die Nähe zu mir ziehen, ich kaufe euch ein Haus. Meine Frau und Kinder werden euch liebend gerne in alle Tätigkeiten mit einbeziehen."

Er lässt die beiden in Ruhe und setzt sich ins Wohnzimmer. Die Augen von Isaak starren ihn an.

Ein Gemälde von Isaak und Familie, unterzeichnet von S.G. mit dem Namen *Nussbergs Vermächtnis*. Sofia kommt ins Wohnzimmer und setzt sich zu Bill.

"Wie konnte das passieren?", fragt sie.

"Es war abzusehen, er hat in den letzten Jahren zu viel gearbeitet, es tut mir leid euch diese Nachricht zu überbringen."

"Lieber du, als irgendein Fremder."

Bill fragt ob er für ein paar Minuten zu Lisa darf, um die Geschenke abzuliefern, Sofia nickt.

Er geht zum Auto, packt die zwei Geschenke und begibt sich in Lisas Zimmer.

"Mein Kind, ich weiß das ist ein ungünstiger Zeitpunkt, aber hier sind zwei Sachen für dich.", er übergibt ihr die Geschenke.

"Dein Vater hat dich sehr geliebt, er hat diese zwei Dinge für dich gekauft, kurze Zeit bevor er umfiel."

Bill geht wieder aus dem Zimmer und verabschiedet sich von Sofia. Er gibt ihr seine Mobilnummer und bittet sie sich zu melden, sobald sie bereit ist auszuziehen, soweit sie es denn möchte. Sie umarmt ihn und geht anschließend zu Lisa in ihr Zimmer. Bill geht vor die Tür und setzt sich auf die Eingangstreppe. Er hält sich die Hände vors Gesicht und fängt an zu weinen.

"Es tut mir vom Herzen aus Leid, mein Freund."

KAPITEL 22 UNBEZWINGBAR

Jake sitzt in seinem Anwesen auf einem Stuhl und schwebt in Gedanken herum.

"Das kann doch nicht wirklich wahr sein, was macht dieser Irre Typ, so langsam regt der mich auf. Hat es überhaupt noch einen Sinn ihn zu unterstützen? Wann bin ich dran?", plötzlich steht er auf und fährt zu Salomon, ohne einen Chauffeur.

An dem Tor angekommen hupt er mehrmals, damit ihm Danijel hereinlässt. Danijel gibt ein Zeichen, dass Jake warten soll. Er geht zum Anwesen und kommt mit Salomon wieder zurück.

"Jake! Was machst du denn hier? Komm herein!", er wedelt mit seiner Hand und Danijel öffnet das Tor.

Jake fährt herein und steigt wutgeladen aus, "Salomon! Was verdammt nochmal fällt dir ein? Was ist nur los mit dir?", kurz bevor Salomon an die Gurgel will stoppt ihn Danijel und hält ihn im Schwitzkasten.

"Beruhig dich Jake, beruhig dich!", schreit Salomon.

Nach einer kurzen Rangelei am Boden wird Jake ruhiger, er steht auf und bittet ein Gespräch mit Salomon unter vier Augen zu führen.

"Komm mit, ich erkläre dir alles.", spricht Salomon und die beiden gehen in den Garten. Sie setzen sich auf eine Bank und Jake bittet ihn nun endlich auszupacken.

"Jake, vertraust du mir?"

"Das dachte ich immer, aber so langsam bin ich mir nicht mehr sicher. Du machst Sachen, ohne mir Bescheid zu geben, nicht das du mir alles erzählen sollst, aber so brisante Sachen wie Sen, Ezechiel oder Isaak wären schon gut vorher zu wissen!"

"Jake, ich habe gefragt ob du mir vertraust. Bist du tot oder sitzt du gerade neben mir?"

Jake bleibt still und weiß nicht was er antworten soll. Salomon fährt fort:

"In den letzten paar Jahren sind mir einige Dinge aufgefallen in unseren Kreisen. Bestimmte Personen wünschen sich meinen Tod und bevor sie ihren Zug ausführen kann, mache ich meinen."

"Und was ist wenn du dich irrst? Sen und Ezech zum Beispiel, wie kommst du darauf das die deinen Tod wollten?"

"Jake, ich zweifle an deiner Analysefähigkeit. Wenn du deren Mordlust nicht gesehen hast, dann weiß ich auch nicht warum ich dich überhaupt habe."

Jake steht auf und schreit los, "Bin ich ein verdammter Inspektor oder dein persönlicher Berater zu geschäftlichen Zwecken?"

"Ich weiß, ich verlange viel und vielleicht überfordern dich die Tätigkeiten, welche ich dir auftrug. Jake, du bist ein Mann von Ehre, niemanden würde ich solche Geschenke machen wie dir. Niemanden würde ich solche Tätigkeiten anvertrauen wie dir und niemand macht solch gute Arbeit als ein persönlicher Berater wie du. Dein Sohn soll die rechte Hand von meinem Sohn werden. Also, nochmal zu meiner Frage, vertraust du mir Jake?"

Nach einem Moment der Ruhe atmet Jake auf und beruhigt sich wieder.

"Du hast ja recht Salo, nur weiß ich nicht wer überhaupt noch sicher ist, du scheinst einen nach den anderen vom Feld zu katapultieren. Die Personen in unseren Kreisen werden irgendwann auch paranoid, auch du es immer wieder schaffst es wie natürliche Tode aussehen zu lassen."

"Keine Sorge, ich habe alles unter Kontrolle."

Shlom Goldstein kommt in den Garten.

"Was ist denn hier los, Ratstreffen ohne meine Anwesenheit?", sagt er und lacht.

Salomon steht auf und bittet beide ins Anwesen.

"Wo sind Ephraim und Sara?", fragt Jake.

"Ephraim ist in der Bibliothek und Sara ist bei Margalith."

Jake geht in Margaliths Zimmer und Sara springt sofort auf und umarmt ihn.

"Hallo Jake! Oh wie schön dich hier zu sehen."

"Hallo Liebes, ich freue mich auch dich wieder zu sehen.", Jake streichelt ihr über den Kopf und geht rüber zu Margalith.

"Armes Kind.", spricht er und streichelt auch ihren Kopf.

Margalith kann nur noch Töne oder Geräusche von sich geben, sie fühlt und realisiert noch alles, aber in Worte fassen kann sie nichts mehr. Eine Krankenschwester und Psychotherapeutin lebt nun mit im Anwesen der Familie Goldsteins, Elaine De Cruz. Eine exzellente Arbeitskraft, qualifiziert genug um Margalith zu unterstützen und liebevoll genug um ihre Zeit für sie zu opfern, denn das werden wahrscheinlich Jahre sein. Sara setzt sich wieder ans Bett von Margalith.

"Ich lese ihr gerade ein Buch vor, möchtest du etwas mit uns bleiben?", fragt Sara.

"Aber natürlich Liebes, sehr gerne."
Jake setzt sich neben Sara auf einen Stuhl und hört der Geschichte zu. Hin und wieder hört man ein fröhliches Lachgeräusch von Margalith, was Sara auch aufmuntert.

Im Wohnzimmer sitzen derweil Shlom und Salomon.

"… also habe ich ihm erklärt, dass er nichts zu befürchten hat, aber ob es bei ihm angekommen ist weiß ich nicht genau. Mal sehen was die Zeit sagt.", sagt Salomon.

"Mit diesen Argumenten wird es bei ihm ange-kommen sein, Jake ist kein Plattschädel, er ist nur etwas vorsichtig, was in seiner Situation völlig ver-ständlich ist."

"Jake hat mich bei dem letzten Wilderberger treffen angerufen, ihm fiel eine Person auf und so wie es sich anhörte verabscheut er ihn. Wir müssen da was unternehmen."

"Was meinst du mit *wir*? Salo, du weißt ich bin für so etwas nicht zu haben."

Salomon trinkt ein Schluck von seinem Glas Wasser und schaut seinen Bruder tief in die Augen.

"Shlom, ich habe mich schon immer gefragt, wie konntest du überhaupt solange überleben?"

"Ruf ist eine Sache, Gutherzigkeit das andere."

"Du alter mieser Hund!", beide fangen an zu lachen.

Jake kommt nach einer halben Stunde ins Wohnzimmer. Er setzt sich auf einen Sessel neben Salomon.

"Salo, tut mir Leid wegen vorhin."

"Manchmal braucht eine Beziehung so etwas und nach gut, wie viel Jahre kennen wir uns jetzt schon? 50? 60 Jahre? Nach so einer langen Zeit war es mal nötig uns die Meinung zu sagen. Jetzt aber Schluss damit. Jake, schau' übermorgen die

Abendnachrichten, ich habe da eine Überraschung für dich. Ein weiteres Geschenk.", Salomon zwinkert Shlom zu, während er wiederum mit den Augen rollt.

"Was heckt ihr beiden schon wieder aus?", lacht Jake.

Die drei Herren verweilen noch etwas im Raum und gehen anschließend raus in den Garten, sie haben Lust zu grillen.

"Rinah!", ruft Salomon, "Ruf die Kinder, wir grillen heute!"

KAPITEL 23 DAS GESCHENK

"Seine Beerdigung soll nächste Woche veranlagt werden.", sagt John Schlagberger zu Isaaks Frau Sofia.

Sie telefonieren, Sofia hat ihn angerufen, um die schlechten Neuigkeiten zu überliefern.

John Schlagberger ist ein Mitglied der Denkfabrik vom verstorbenen Gründer Isaak Nussberg. Er war es, der die entscheidende Stimme für einen Bail-Out der europäischen Großbanken gab. Er dachte wirklich, dass somit der Bevölkerung geholfen wird. Den neuen Platz des Vorstands wird er nun antreten, wie es im Vertrag mit Isaak vereinbart wurde.

Nach dem Telefonat fährt John zu dem Hauptsitz der Denkfabrik, um die heutige Konferenz zu verschieben und die Mitglieder über den Tod zu informieren. Überrascht scheint er nicht zu wirken, Isaak war mit seinen 81 Jahren zwar noch top fit, dennoch sah man ihm sein Alter an.

Im Hauptsitz angekommen, sitzen die Mitglieder schon am runden Tisch.

"Guten Abend meine Herren, es gibt leider eine schlechte Nachricht. Unser ehrenvoller Vorstand und Gründer ist von uns geschieden. Er erlitt einen Herzinfarkt, seine Beerdigung wird nächste Woche abgehalten. Den genauen Termin werde ich euch diese Woche noch nennen. Wie ihr alle wisst, werde ich nun die Führung übernehmen. Ich hoffe das wir weiterhin ein gutes Team bleiben werden, euer aller Engagement wird weiterhin vonnöten sein. Die heutige Sitzung wird auf Morgen verschoben, ich konnte kurzfristig keine Planungen fertigstellen. Lasst uns noch eine Schweigeminute einlegen, für unseren verstorbenen Freund."

Die Mitglieder stehen auf und schließen ihre Augen um die Schweigeminute zu vollziehen.

Nachdem alle Johns Hände schütteln und ihn zu seiner neuen Position beglückwünschen, begeben sie sich allesamt nachhause. John bleibt noch ein wenig, um sein neues Büro umzustrukturieren.

Isaak hatte einige Gemälde in seinem Büro, die John hängen lassen will, als Andenken. Die Familienfotos packt er in eine Kiste, genauso wie Isaaks Stifte und restlichen Utensilien. Die möchte er der Familie Nussberg später bringen, damit auch sie in Erinnerungen schweifen können.

Auf seinem Tisch befindet sich ein kleines Notizheftchen und John wird von Neugierde überfallen. Er öffnet es und liest ein wenig darin rum.

Nach ein paar Minuten des Herumblätterns von irgendwelchen Terminen und unwichtigen Notizen entdeckt er etwas.

"Hmm", denkt er sich, "Ein Bereich mit dem Namen *Salomon & Rat der 10*. Schauen wir mal…"

John blättert die Seiten durch und versucht zu verstehen wer das sein könnte, er kennt keine Person mit dem Namen Salomon.

"Ach du heilige Scheiße…", er setzt sich auf die Couch und liest weiter in dem Heftchen.

"Salomon - 850 Millionen Dollar Investition in die *Green Industries*… Ezechiel Steinberg und Sen-Levin Bernstein investieren 20 Milliarden Dollar in die *Liebmann Stiftung*… Kontrollübergabe der europäischen Zentralbank an Jake Rosenbaum… Amon Lews Krieg im Nahen Osten… Salomon – 550 Milliarden Dollar Kredite an Afrikanische und europäische Staaten… Rat der 10 Termine… Salomon – 45 Milliarden Dollar Kredite an amerikanische Großbanken… Salomon – 350 Milliarden Dollar Investition in… Was zur Hölle ist das alles?"

Es sind etwa 20 Seiten notierte hochbrisante Informationen. Isaak hatte sein Notizheft vergessen, als er sich mit Bill traf.

"Das kann nicht wahr sein, wer verdammt nochmal ist dieser Salomon? Was für ein Rat der 10? Isaak, was hat er uns allen verheimlicht? Ich muss sofort los und diese Heftseiten kopieren, die Welt muss darüber erfahren!"

Bevor er aber losfährt blättert er noch weiter herum und streift sich währenddessen immer wieder über die Stirn. Er kann es einfach nicht fassen das es noch eine komplett andere Welt der Führung gibt, er dachte immer er wäre an der Spitze der Pyramide angelangt. Das er nicht mal in der Mitte sitzt, wird ihm beim Lesen immer weiter bewusst.

"Unmöglich, sogar Baummann wusste davon?"

Er sieht eine Notiz mit Baummanns Namen in Bezug auf ein Rat der 10 Treffen.

"Diese ganzen Typen veranstalten diese Wilderberger Treffen um uns alle in eine Richtung zu lenken?"

Er schließt das Heft und steckt es in seinen Sakko. Ihm wird schlecht und er läuft nach draußen vor die Tür. Dort atmet er schwer ein und aus, er wird völlig weiß im Gesicht.

Ein Passant kommt vorbei und fragt ob er Hilfe rufen soll aber John schüttelt mit dem Kopf und steigt in sein Auto. Er fährt geradewegs zu sich Nachhause. Auf dem Weg dorthin ist er Wutgeladen und völlig außer sich. Dort angekommen sitzt er noch eine Weile in seinem Auto.

"Das muss ein schlechter Traum sein...", er hämmert mit seiner Faust gegen das Lenkrad, in dem Glauben das er vielleicht dann wieder aus dem Traum erwacht.

Er bemerkt schnell, dass es natürlich kein Traum ist und fährt nachhause.

"Schatz!", ruft er, "Fahr meinen PC bitte hoch, ich muss ein paar Sachen einscannen."

Keine Antwort von seiner Frau. "Schatz?", ruft er wieder und noch immer keine Antwort. Er läuft durchs Haus und versucht sie zu finden aber keine Spur. Im Kinderzimmer seiner Tochter findet er nur ein leeres Bett. Er geht nach oben ins Schlafzimmer, aber auch dort ist niemand.

John verspürt einen Schlag auf seinen Hinterkopf und wird ohnmächtig.

Nach etwa einer halben Stunde erwacht er wieder und versucht zu erkennen was vor sich geht. Er schaut sich im Raum um und sieht ganz blass einige Gestalten. Als sein Augenlicht wieder hergestellt ist bekommt er einen Schlag mit einer flachen Hand.

"Aufwachen, Bastard!", spricht ein Mann, gekleidet in schwarzen Klamotten und einer Sturmhaube auf seinem Kopf.

Sein Akzent klinkt östlich, der Mann spricht mit seinem Kollegen, auch er hat eine Sturmhaube auf.

"Dawai, Dawai!"

Sein Kollege klatscht Johns Frau, die eine Augenbinde anhat. Die Tochter der beiden liegt geknebelt daneben, auch mit einer Augenbinde und schreit vor Angst.

"Hört auf! Was wollt ihr? Ich habe Geld, ich gebe euch so viel ihr wollt!", ruft John.

Es sind drei Männer im Raum, allesamt mit einer Sturmhaube bedeckt.

"Kein Geld!", schreit einer von ihnen.

"Aber was wollt ihr dann? Lasst uns am Leben und ich mache euch reicher als ihr es je wart!"

Der Hauptmann schlägt mit einem Teleskopschlagstock immer weiter auf seinen Körper ein während er "Kein Geld, kein Geld, kein Geld!" schreit. Die Frau und Tochter von John weinen, jammern und bitten die Männer endlich damit aufzuhören. Die anderen zwei Männer lachen während der Chef auf John einprügelt. Sie reißen der Frau und Tochter die Augenbinde los und halten ihre Köpfe in Richtung von John, damit sie das ganze sehen.

"Dein Papa ein kleines Kind, guck wie er weinen!", lacht der Mann, der den Kopf von Johns Tochter festhält. Die Tränen der Tochter laufen wie verrückt, sie fleht um Gnade.

"Bitte aufhören!", schreit sie.

Der Hauptmann hört mit dem prügeln auf, sein Teleskopschlagstock ist vollkommen verbeult.

"Durak! Du hast meinen Schlagstock kaputt gemacht, dafür muss deine Kurva jetzt bezahlen!"

Einer von ihnen geht zu John und setzt ihn wieder auf und hält seinen Kopf in Richtung seiner Frau.

"Kurva! Sag Danke zu deinem Idiot von Mann! Er hat meinen Stock zerstört!"

Alle drei lachen, sie scheinen so etwas öfters zu machen.

Der Hauptmann reißt Johns Frau die Hose runter und fängt an sie zu vergewaltigen, vor den Augen von John und Tochter.

"Lasst sie in Ruhe, bitte, was macht ihr da!", winselt John. Die Tochter weint und schreit immer lauter. "Mama!!!"

Im Wechsel vergewaltigen alle drei Johns Frau, während sie vor Schmerzen weint.

"Du Kurva, dein Mann ein Lappen! Schau, nicht er dir hilft!"

Wie soll er auch helfen mit verbundenen Händen und einem riesigen Typ, der ihn festhält.

Nach der Vergewaltigung lassen die Männer sie liegen. John konnte während des Akts nur weinen und flehen.

"Deine Tochter süß, deine Tochter noch Jungfrau?", fragt einer von den Männern.

"Sie ist erst 12 ihr verdammten Hurensöhne, wenn ihr sie auch nur anpackt...", der Hauptmann schlägt John mit seiner Faust ins Gesicht.

"Idiot! Was dann?", schreit einer der Männer.

Johns Unterlippe zittert schon, seine Augen sind völlig rot vor lauter weinen.

"Bitte, tötet mich aber lasst sie in Ruhe…"

"Ahh, ein Held! Ok wir töten dich. Aber vorher wir nehmen Jungfrau!"

"Neeeein!", schreit John und winselt die Männer an es sein zu lassen.

"Warten!", ruft einer der Männer.

"Ich haben Idee! Igor, schneiden seine Fessel, er kämpfen gegen mich, wenn gewinnen er, dann wir lassen Jungfrau."

Der Hauptmann lacht wie verrückt und akzeptiert. Er schneidet Johns Fesseln durch und zieht ihn hoch zum Aufstehen.

"Hier, starker Held, nimm das!", der Mann schmeißt John einen Hammer zu.

"Wer zuerst liegen auf Boden, der verlieren!"

John kann sich gerade noch so auf Beinen halten, sein ganzer Körper schmerzt von den Schlägen. Sein Gegner ist ein 2 Meter Riese, eine Zumutung für John. Der maskierte Mann geht auf John zu und schubst ihn leicht, John fällt fast hin.

"Ha, du nicht mal stehen können!"

Johns Augen sind Wutgeladen, er schreit los und läuft auf den Mann zu, mit dem Hammer in der rechten Hand. Er holt aus und schlägt zu, der Mann weicht aus und John trifft auf den Fernseher.

Der Hauptmann und sein Kollege lachen und beklatschen John.

"Durak! Durak! Durak!", sie feuern ihn an.

John hat in seinem Leben noch nie gegen jemanden gekämpft und jetzt muss er für seine Tochter gegen einen Berg antreten. Der Mann geht auf John zu und holt zum Schlag aus. John weicht aus und trifft mit dem Hammer auf den Kopf von dem Mann. Er fällt zu Boden, John hat es tatsächlich geschafft den Riesen zu bezwingen.

Der Hauptmann ist geschockt und geht zu seinem Kollegen und tritt auf ihn ein.

"Was machst du!", schreit er, während er auf seinen Kollegen eintritt.

Nach einer Weile hört er auf und der Mann steht wieder auf.

"Held gewonnen, wir lassen Jungfrau eine Jungfrau bleiben."

Er wischt sich das Blut von seinem Gesicht und geht zu John.

"Du Glück gehabt, Tochter schmerzvoll sonst leiden!

Der Hauptmann geht zu seiner Tasche, holt einen Kanister raus und begibt sich zu John.

"Doswidanja!", spricht er, schlägt John zu Boden und übergießt ihn mit Benzin.

Frau und Tochter fangen wieder an zu schreien und bitten darum aufzuhören.

"Die sollen ruhig sein!", befiehlt er seine Kollegen. Mit einem Knick bricht einer von ihnen der Frau das Genick, der andere geht zur Tochter und beendet auch ihr Leben.

John schreit und liegt leblos auf dem Boden, er sieht ein, dass alles kein Sinn mehr hat und wird ruhig. Er starrt auf die Leichen und bewegt sich kein Stück mehr. Sein Blick schreit voller Leid, aber sein Gesichtsausdruck ist nur noch ein leerer Tunnel.

Der Hauptmann zückt eine Streichholzschachtel aus seiner Hose.

"Letzte Worte?", fragt er John, doch der starrt weiterhin auf seine Frau und Tochter.

"… mit einem 3:0 Sieg hat Spanien die Weltmeisterschaft gewonnen. Luxembourg - Am gestrigen Abend wurde John Schlagberger, Mitglied des Forums *Freie Wirtschaft* ermordet in seinem Haus gefunden. Rauch aus dem Haus ließ einem vorbeifahrenden Bürger die Feuerwehr rufen. Seine Frau und Tochter befanden sich im gleichen Raum, auch sie wurden ermordet. Von John ist nichts mehr übrig geblieben, er verbrannte, bevor die Feuerwehr eintraf. Ob es sich um Selbstmord handelt, ist unklar, die Polizei ermittelt noch. Der Gründer des Forums Isaak Nussberg verstarb einige Tage zuvor, der Hauptkommissar untersucht den Fall und befürchtet Parallelen. Kuba – Im Kampf gegen Dro...", der Fernseher wird ausgeschaltet.

Jake sitzt in einem Hotelzimmer. Er hebt sein Glas Wasser und trinkt es aus. Er blickt, immer noch geschockt, auf den ausgeschalteten Fernseher.

KAPITEL 24 KLEINE SPENDE

"Der jetzige Präsident überlebt nur mit seinem Lächeln und Fernsehauftritten. Der Typ davor war ein Idiot höchsten Grades, der einfach nur vor die Masse gestellt wurde damit sein Vater hinterrücks weiter regieren kann. Wir haben eine Versammlung von dekadenten Verrückten, die uns jedes Korn aus den Händen fressen, wenn wir nur piepen. Das Beste daran? Egal wer da steht und herumwinkt, sie alle wissen warum sie dort stehen. Alle NATO Staaten denken sie wären in Sicherheit, in Wahrheit schieben wir ihre nationalen Einheiten auf dem Schachfeld herum als wären sie unser Eigentum. Darum, mein Sohn, vergesse nie woher du kommst. Das Erbe wird nur durch die Kraft der Dynastie fortbestehen.", spricht Salomon und genießt eine Pistazie.

Er unterhält sich mit Ephraim über sein Leben, eine sehr seltene Situation bei Salomon. Ephraim lernt den Großteil der Familiengeschichte durch Bücher kennen. Die indoktrinierten Regeln, welche die Adelsfamilien den Staaten aufzwingen, werden präzise dokumentiert. Salomon zum Beispiel hat diese in seiner Bibliothek, mit all den anderen Dokumenten der bekannten Familien.

"Ein wesentlicher Unterschied zwischen uns und all den Staaten ist, sie führen Kriege um Ideologien durchzusetzen oder zu vermeiden, wir führen Verhandlungen. Natürlich sind auch ideologische Gründe ein Antrieb bei uns, jedoch ist dieser Aspekt nur ein Korn im Reis Sack. Welche Grundelemente des Ziels wir schon erreicht haben, solltest du im Ansatz schon wissen. Eine psychologische und biologische Umformung der Gesellschaft mittels verschiedenste Methoden, siehe die Buchreihe *Die einzige Weltmacht* mein Sohn. Notier dir das und studiere es!", sagt Salomon.

"Vater, eins verstehe ich nicht. Warum wehren sich die Menschen nicht, warum lassen sie all das zu? Wenn ich richtig informiert bin leben etwa 7 Milliarden Menschen auf diesem Planeten und aus unseren Unterlagen geht hervor, dass mehr als die Hälfte eingespeist sind. Mit den Einrichtungen und Institutionen allein ist das doch nicht möglich, oder?", fragt Ephraim neugierig.

Salomon lächelt, "Wenn du die Buchreihe anfängst, wirst du schnell verstehen wie der Hase springt. Bis Ende des Jahres solltest du mindestens bei Teil 3 angelangt sein, Teil 4 und 5 wird dich wahrscheinlich noch ein Jahr kosten. Die letzten beiden Teile, 6 und 7 werden dir endgültig die Augen öffnen. Ephraim, in maximal 6 Jahren wirst du deine erste Bank leiten und wenn der Test erfolgreich ist, wirst du meinen Platz einnehmen und dein Sohn wird deinen Platz einnehmen und so weiter. Ich versuche seit geraumer Zeit unser Vermächtnis voranzutreiben aber die anderen Familien sehen den Zeitpunkt noch nicht als passend, von daher halte ich mich erst einmal zurück und plane weiter. Da kommen wir zum nächsten Punkt, die anderen Familien. Wie du ja schon weißt sind deine Partner das wichtigste um den Plan erfolgreich zu verwirklichen. Ohne sie wäre ich wahrscheinlich schon gefallen oder wäre nicht mal in die Nähe meiner jetzigen Macht angekommen. Macht muss man organisiert und penibel genau einsetzen. Herr Rosenbaum zum Beispiel, er hat eine Macht zugeteilt bekommen die weit über dem Verhältnis der anderen Familien reicht, andersrum hat ein Green eine ausgeprägte Apparatur in seinen Händen, die Rüstungsfirma. Rosenbaum kann Ehud oder Laban Green nicht davon überzeugen ein paar Tonnen Waffen zu exportieren. Ehud oder Laban wiederum können Rosenbaum zu faulen Krediten bewegen. Nun aber Schluss damit. Die Machtverhältnisse werden in der Buchreihe auch nochmal explizit erklärt. Rinah! Bring uns etwas Obst!", ruft Salomon.

Einige Minuten später kommt Rinah und bringt den beiden etwas geschnittenes Obst.

"Weißt du was mein Sohn, lass uns gleich etwas unternehmen, ich habe da eine Idee. Ich muss noch wohin und möchte das du mich begleitest."

Beide unterhalten sich noch etwas und speisen das Obst weg, Rinah hat sich zwischenzeitlich auch dazugesellt.

"Rinah, ruf das Auto, wir fahren gleich auf ein Ausflug.", befiehlt Salomon.

"Wohin fahren wir denn? Ich gebe Sara fix Bescheid."

"Nein nein. Mit wir meine ich Ephraim und ich."

Rinah macht große Augen und segnet den Ausflug mit einem Nicken ab.

"Renn schon mal hoch Ephraim und zieh dir etwas Feines an, ein Hemd und feine Hose sollte reichen."

Ephraim rennt hoch, Salomon begibt sich ins Haus und mitten auf dem Weg hält Rinah ihn auf.

"Salomon, Schatz. Bitte mach nichts Unüberlegtes mit ihm."

"Rinah, zweifelst du an meinen Entscheidungen? Du sollst dich nicht immer in meine Angelegenheiten einmischen, hör endlich auf damit ansonsten folgen Konsequenzen. Nun entschuldige mich, ich muss mich fertig machen, ich liebe dich."

"Ich liebe dich auch."

Rinah schaut ihrem Mann hinterher und wird traurig, Salomon ist nicht mehr derselbe seit seinem Koma. Die Stimmungsschwankungen werden von Tag zu Tag schlimmer.

Vor der Tür wartet schon der Chauffeur und hält die hintere Tür auf. Ephraim steht auch schon bereit, in einem roten Hemd und dunkelblauer feiner Hose.

Salomon sitzt auf seinem Bett und schweift in Gedanken herum.

"Der nächste Schritt sollte Geduld sein, vielleicht lasse ich mir eine neue Yacht bauen und segel eine Weile mit der Familie im Ozean herum. Eine schöne Insel beanspruchen und darauf ein kleines Schloss… doch, das hört sich gut an. Aber bis die Yacht fertig gebaut ist, das dauert auch schon wieder Jahre. Dann kaufe ich halt eine, Punkt. Das kleine Schloss sollte schnell gehen, die Chinesen bauen solche Sachen in ein paar Monate. Gut, nun haben wir das. Jake, er soll ein paar Wochen alles übernehmen."

Salomon steht auf, richtig sich seine Krawatte und begibt sich nach draußen. Ephraim sitzt schon im Auto und spielt mit der Elektronik. Salomon steigt ein.

"Nun mein Sohn, kannst du dir denken was wir heute unternehmen?"

Ephraim schüttelt den Kopf.

204

"Es geht nach Washington, mein Sohn. Du weißt ja was für ein Ort das ist. Wir treffen uns da mit einem Partner, den du sicherlich von den ganzen Feiern kennst, er war auch auf deiner Bar Mitzwa."

"Mit wem treffen wir uns denn?", fragt Ephraim.

"Mit Mosel und seinem Sohn. Ich habe da eine Geschäftsidee und du sollst mal sehen wie sowas in der Praxis abläuft."

"Das hört sich großartig an, ich freue mich schon!"

Das Auto fährt los in Richtung Flughafen der Goldsteins. Der Flieger wartet schon mit ausgefahrener Treppe. Die Goldsteins steigen ein und setzten sich auf die Sitze.

Der Flug dauert nur ein paar Stunden, der Wohnort Blackstone ist perfekt gewählt, um in alle Richtungen der Vereinigten Staaten schnellstmöglich zu reisen. Mit all den Knotenpunkten der Clique, deren Wohnorte plus Geschäftsstellen. Das Zentralbanknetzwerk liegt in 5 Städten verteilt. Der Hauptsitz wurde vor einiger Zeit verlegt, von Washington nach Detroit.

Die Goldsteins kommen in Washington an, auf dem Flughafen wartet schon der nächste Chauffeur, der sie geradewegs zum Hauptsitz der Baummann Bank fährt.

Vor der Bank angekommen, staunt Ephraim wegen der Größe des Wolkenkratzers. Ganze 450 Meter hoch ist der Hauptsitz der Mosel Baummann Bank.

Vor dem Eingang warten schon Mosel und sein Sohnemann Isaac.

Mit einem breiten Grinsen empfangen sie die beiden Goldsteins. Als Salomon aussteigt, geht Mosel auf ihn zu und reicht ihm die Hand. Er zieht ihn zu sich und umarmt ihn.

"Salo, schön dich zu sehen!"

"Auch schön dich zu sehen, Mosel! Isaac! Komm her und gib deinem Patenonkel eine Umarmung!"

Ephraim und Mosel umarmen sich auch und nach der kleinen Begrüßungsrunde bittet Mosel die beiden herein. Sie begeben sich gemeinsam Richtung Aufzug und fahren in das 76. Stockwerk.

Als die Aufzugtür sich öffnet, werden die vier von einer weiblichen Servicemitarbeiterin begrüßt und bis zum Büro begleitet. Der Durchgang bis zum Büro hin ist geschmückt mit vielen Gemälden, der ganze Stil der Etage ist sehr altmodisch mit braunem Holz und weiteren warmen Farben gestaltet.

"Voilá! Setzt euch hin, Salomon, endlich kommst du mich auch mal hier besuchen!", spricht Mosel.

"Hey, du weißt wie sehr ich zu tun habe. Ich habe dir diese Hütte gesponsert also sei lieber leise!", witzelt Salomon herum und beide fangen an zu lachen.

Ephraim schaut verdutzt seinen Vater an, aber fragt gar nicht nach.

Die Servicemitarbeiterin fragt die Herren und Jungs, ob sie etwas zu trinken haben möchten.

"Leute?", schaut Mosel in die Runde.

"Ein Glas Wasser.", antwortet Ephraim.

Salomon nickt, "Für mich dasselbe."

"Zwei Wasser, ein Eistee für meinen Sohn und mir machen sie einen doppelten wie immer."

"Der gleiche Säufer, wie immer.", belächelt Salomon ihn.

"Lieber ein Säufer als ein Drogenabhängiger, richtig Salomon?"

"Was willst du damit sagen?", Salomon wird leicht aggressiv.

Mosel lächelt und wechselt das Thema.

"Wie läuft es Zuhause Salomon, geht es Rinah gut?"

"Was du mit deiner Aussage meinst, habe ich gefragt.", Salomon beugt sich etwas nach vorne, es scheint als würde ihn die Aussage überhaupt nicht gepasst haben.

"Salomon, bitte nicht jetzt. Das war ein schlechter Scherz, es tut mir leid."

"Komm Ephraim, lass uns gehen.", Salomon nimmt Ephraim an die Hand und geht mit ihm aus dem Büro.

Mosel steht auf und wird aggressiv, "Na dann geh doch! Dich brauch keiner! Lerne mal mit Menschen umzugehen du Irrer!", die Aussagen gehen noch eine Weile weiter während Salomon und Ephraim durch den Gang gehen.

"Vater, warum hast du das so ernst genommen?"

"Ruhe jetzt, wir fliegen wieder zurück."

Unten am Eingang bittet Salomon seinen Sohn in das Auto einzusteigen. Er müsse noch telefonieren.

"Jake. Mosel brauch neue Unterlagen, so schnell wie möglich."

"Salo, was ist passiert?", fragt Jake.

"Erzähle ich dir ein anderes Mal, bestätige den Auftrag einfach. Ich melde mich."

"Salo, nicht Mosel. Das wird ernste Konsequenzen mit sich ziehen und das weißt du."

Salomon rastet völlig aus und schreit in sein Telefon, "Jake! Du bestätigst jetzt den Auftrag oder ich nehme das als Missachtung deiner Loyalität zu mir auf."

"Auftrag bestätigt, ich setze alle Räder in Bewegung, die Unterlagen kommen spätestens Ende der Woche bei ihm an."

"Das ist mein Jake, ich melde mich.", Salomon beruhigt sich wieder und steigt in sein Auto an.

"Vater…", spricht Ephraim.

"Sei bitte die Fahrt über ruhig. Ich muss überlegen."

Ephraim gehorcht und bleibt die Zeit über ruhig.

In Gedanken schweift er herum, "Mosel du elender Sohn einer schäbigen Motelnutte. Was meinst du mit *dich brauch keiner*? Ohne mich würdest du in irgendeiner Ranzbank arbeiten und versuchen Bürgern Mikro Kredite anzudrehen, du elender Hund. Arroganter Bastard, deine Minderjährigen Huren hätten dir die Kehle aufschlitzen müssen.", vor lauter schrecklichen Gedanken fängt Salomon schon an zu schwitzen.

"Chauffeur! Klimaanlage!"

Ephraim beobachtet seinen Vater genauestens, die Lippen von Salomon bewegen sich leicht, wenn er in Gedanken herumschwirrt.

Auch Ephraim fängt an sich über ihn Gedanken zu machen.

"Ich fürchte, dass Vater langsam nicht mehr Zurechnungsfähig ist, das Gespräch mit Jake hat mir die Augen geöffnet. Seit dem Koma ist er nicht mehr derselbe wie vorher…"

"Ephraim! Nenn mir einen Wunsch, ohne viel nachzudenken, was möchtest du haben oder machen?", fragt Salomon und schaut dabei aus dem Fenster.

So eine Gelegenheit hatte Ephraim noch nie. Er hat natürlich im Anwesen alles was er brauch, aber die Möglichkeit Geld auszugeben hat er dort nicht.

"Ich möchte einer zufälligen armen Person Geld geben, persönlich."

Salomon schaut rüber zu seinem Sohn, "Bist du dir sicher? Du hast gerade eine Chance die nicht viele Kinder in deinem Alter haben."

Ephraim nickt und fragt, "Können wir das machen?"

Salomon bittet den Chauffeur, zu David Goldstein zu fahren, seinem Bruder. Die Bank des verstorbenen Davids inklusive allen Zinserträgen und Immobilien, wurde nach Erbverfahren Salomon übertragen.

"Ich sagte, du hast einen Wunsch frei und der wird dir jetzt gewährt. Wir fahren jetzt zur Bank deines verstorbenen Onkels. Wir hatten früher geklärt, wenn einer von uns unerwartet stirbt, wird das Vermögen in der Familie aufgeteilt. Lass mich nur kurz einen Anruf tätigen."

Salomon ruft mit dem Telefon in der Limousine die Bank an und lässt 0.8 Prozent der Reserven in Scheinen auszahlen und etwa 1.5 Prozent in Wertpapieren.

"Wie viel Geld hast du nun beantragt, Vater?"

210

"Wirst du gleich sehen mein Sohn."

Vor der Bank angekommen bittet Salomon seinen Sohn in die Bank zu gehen.

"Wenn du an der Rezeption bist, dann nenn deinen vollen Namen. Alles Weitere machen die netten Damen."

Ephraim ist höchst aufgeregt, unter so vielen Menschen war er noch nie. Die Menschen die an ihm vorbeigehen haben keine Ahnung das er der Sohn von einem, wenn nicht sogar dem mächtigsten Mann der Welt ist.

An der Rezeption steht eine junge blonde hübsche Dame.

Ephraim geht zu Ihr.

"Hallo kleiner Mann, was kann ich für dich tun?"

"Mein Name ist Ephraim Goldstein, ich soll hier etwas abholen."

"Ach! Du bist also der Neffe von David? Schön dich kennenzulernen. Mein herzlichstes Beileid, David war ein ausgesprochen gnädiger Mensch und Chef. Ein wahrer Verlust für die Bank. Es steht schon so gut wie alles bereit, wir brauchen nur noch ein paar Minuten um die Wertpapiere bereitzustellen. Du kannst dich derweil in der Lounge aufhalten, wir rufen dich."

Ephraim nickt und begibt sich in Richtung Lounge. Er stolziert durch die Bank als gehöre sie

Ihm. Theoretisch gehört sie ihm auch, nach Goldsteins ableben wird er unteranderem auch diese Geschäftsstelle erben.

In der Lounge angekommen setzt er sich auf einen Sessel. Eine weitere Dame kommt und fragt, ob er etwas zu trinken haben möchte, Ephraim verneint.

Er beobachtet wie zwei ältere Herren über Geschäfte reden.

"Das interessiert mich nicht, ich habe ihm gesagt, dass die Frist vorüber ist. Entweder wird heute bezahlt oder er sitzt auf der Straße.", sagt einer der Herren.

"Nun gut, wer nicht zahlen will muss fühlen. Die Verhandlungen dauern ja auch schon eine Weile."

Ephraim interessiert es über was die Herren sprechen, er geht zu ihnen.

"Guten Tag, ich konnte das Gespräch nicht überhören, worum geht es?"

Die beiden Herren sitzen in ihren Sesseln mit Zigarren und Whiskey in den Händen. Sie schauen ihn an und fangen an zu lachen.

"Kleiner Junge, hast du dich verlaufen? Das hier ist der Männerbereich, verzieh dich.", spricht einer von ihnen.

"Mein Name ist Ephraim Goldstein, Neffe von David und Sohn von Salomon. Entweder ihr behandelt mich mit Respekt oder euer Vermögen schrumpft bald drastisch meine Herren.", während Ephraim das sagt, merkt er einen Adrenalinstoß im Körper.

"Neffe von David?", fragt einer von ihnen und schaut seinen Partner dabei fragwürdig an.

"Entschuldige uns.", beide Herren stehen auf und geben ihm die Hand. Auch sie übermitteln ihr Beileid.

"Also meine Herren, worum ging es bei dem Gespräch."

"Ich habe da einen Kunden der seinen Kredit nicht bezahlt, seit rund einem Jahr hält er mich hin und jetzt ist Schluss. Ich strecke ihn mit Hilfe der Justiz nieder."

Ephraim überlegt kurz und fordert dann etwas sehr spezielles.

"Wie sind eure Namen, meine Herren?", fragt Ephraim.

"Ben Weinberg, Vorsitzender der Weinberg Bank."

"Eduardo Gavinci, Kommissionsmitglied der Weinberg Bank."

"Vielen Dank, meine Herren. Herr Weinberg, Sie erlassen ihm die Schulden."

Die beiden Herren schauen sich an und versuchen die Lage zu verstehen.

"Wie kommst du denn auf diese Idee, kleiner Mann?"

"Ich bin heute gut drauf, sie erlassen ihm die Schulden. Keine Wiederworte, ich fordere eine schriftliche Bestätigung, zu richten an Ephraim Goldstein. Sie können es gerne direkt hier in der Bank abgeben. Wenn ich in den nächsten zwei Wochen nichts von Ihnen höre, dann sehe ich mich gezwungen gewisse Räder in Bewegung zu setzen und das will ja keiner von uns.", sagt Ephraim.

Der ältere Herr Weinberg pafft seine Zigarre und trinkt einen Schluck von seinem Whiskey. Er nickt den Auftrag ab, legt etwas Geld auf den Tisch für die Rechnung und geht geradewegs aus der Lounge.

"Das wird Ben nicht gefallen mein Junge, ich hoffe du weißt was du da gerade gemacht hast."

Ephraim nickt und setzt sich wieder in seinen Sessel. Kurze Zeit später kommt die junge Dame von der Rezeption und bittet ihn mitzukommen.

"Alles ist bereit, Herr Goldstein!"

Sie führt ihn zu den Schließfächern, in der Nähe des Tresors. Um dorthin zu gelangen müssen sie durch drei Schutztüren mit jeweils unterschiedlichen Sicherheitsvorkehrungen.

Nach etwa fünf Minuten kommen sie im Tresor an.

"Herr Goldstein, drücken sie einfach auf den Knopf hier neben der Tür um mich zu rufen.

Schauen sie sich alles genau an, es sollte alles da sein."

Ephraim bedankt sich, die Tür schließt sich und er steht alleine im Raum. Vor ihm, auf einem Tisch, stehen zwanzig geöffnete Koffer, prall gefüllt mit Bargeld. Auf einem weiteren Tisch befindet sich ein weiterer kleinerer Koffer mit Wertpapieren. Ephraim schaut sich um und geht mehrmals um den Tisch mit den Koffern.

"Was zur Hölle...", denkt er sich, "woher soll ich denn wissen ob alles da ist, ich habe mit einem, vielleicht zwei Koffern gerechnet."

Er nimmt den Stuhl, der im Raum steht, positioniert ihn vor den Tisch und setzt sich hin. Ein paar Minuten schaut er sich das ganze Geld einfach an.

Abermillionen von Dollar in Bargeld und Wertpapieren, genug um tausende Familien zu versorgen. Nach einer Weile des Genießens steht er auf und drückt auf den Knopf. Die Dame kommt herein und Ephraim bittet sie alles zu verladen.

"Ihr Vater hat ein weiteres Auto kommen lassen, wir verpacken alles darin, ich begleite Sie noch heraus, Herr Goldstein."

Draußen angekommen steht Salomon vor dem Auto und unterhält sich mit dem Chauffeur.

"Ephraim! Es wird gleich alles eingeladen, lief alles nach Plan?", fragt Salomon.

"Alles nach Plan, Vater."

Keine Minute später kommen mehrere Männer aus der Bank und transportieren die Koffer zum Auto.

Ephraim versucht zu schätzen wie hoch die Summe ist, weiß aber auch das Salomon höchstwahrscheinlich sich nicht dazu äußert oder wieder mit einem Sprichwort drum herum redet.

"Kommen wir nun zum wesentlichen Teil. Wem möchtest du das Geld schenken?"

Ephraim schaut auf die Koffer und sagt, "Vater, eigentlich hatte ich mir höchstens zwei Koffer vorgestellt. Das ist viel zu viel Geld für eine Person ohne Erfahrung. Ich möchte es gerne an mehrere Personen verteilen."

"Es ist dein Geld. Wenn du es so möchtest, dann machst du es auch so. In einem Koffer sind eine Millionen Dollar, heißt 20 Million Dollar Bargeld. Die Wertpapiere haben einen Wert von 37,5 Millionen Dollar. Wie du das alles aufteilst, ist voll und ganz deine Entscheidung."

Ephraim macht sich über die Aufteilung Gedanken und fragt seinen Vater, wie viel ein paar Hektar Land in Afrika kostet. Salomon schätzt 500 Hektar Land inklusive Samenlieferung und alles weitere auf etwa zwei Koffer. Ephraim stimmt zu und Salomon macht sich in seinem Notizheftchen eine Notiz für Jake, er wird alles in die Wege leiten. Auch möchte Ephraim ein paar Personen etwas persönlich geben, er fragt den Chauffeur wo sich die Obdachlosen aufhalten.

Nach einer halben Stunde kommen sie im armen Bereich Washingtons an, eine kleine Vorstadt die völlig von den Politikern vernachlässigt wurde. Ephraim sieht einen Mann, auf dem Boden sitzend, mit gesunkenem Kopf, "Genau den!", sagt er und fordert den Chauffeur auf hier stehen zu bleiben.

Ephraim steigt aus, begibt sich zu dem Transportwagen hinter ihm und holt einen Koffer mit Bargeld heraus. Er schlendert damit zu dem Mann. "Hallo! Ephraim Goldstein mein Name, können sie mich hören?"

Der Obdachlose blickt langsam auf, seine Augen blutrot, nach Alkohol riecht er aber nicht.

"Hallo Junge, was führt dich nach hier, in deinem Alter solltest du in der Schule sein.", spricht er.

Ephraim kniet sich hin und fragt ihn warum er Obdachlos ist.

"Ich war einst Versicherungskaufmann für eine große Firma. Der Vorstand hat dank Misswirtschaft die Firma in den Ruin getrieben und abrupt standen alle Mitarbeiter über Nacht ohne Job da. Eine riesige Scheiße. Meiner Frau habe ich versprochen, dass ich schnellstmöglich wieder etwas finde. Am nächsten Tag war sie verschwunden, mit meinem Sohn. Alles was sie hinterlassen hatte, war ein Brief…"

Ephraim klopft dem Mann auf die Schulter.

"Wie heißen sie?", fragt Ephraim.

"Matthew Smith."

"Matthew, mit einer Millionen Dollar kann man sich ein schönes kleines Büro inklusive Schnick-Schnack einrichten, wie wäre es mit einer eigenen Versicherungsfirma?", Ephraim lächelt.

"Mit einer Millionen Dollar, da hast du recht, aber die erst einmal auftreiben – unmöglich."

Ephraim nimmt den Koffer, stellt ihn vor den Mann und geht wieder zurück Richtung Auto.

"Ich möchte deinen Namen überall in der Nation in den nächsten Jahren sehen!", ruft Ephraim hinter sich her.

Er setzt sich in das Auto und wartet noch auf die Reaktion des Mannes. Von weitem beobachtet er ihn. Matthew öffnet den Koffer und hält sich die Hände vors Gesicht, er fängt an zu weinen.

Salomon belächelt seinen Sohn, "Und? Wie fühlt es sich an zu helfen?"

"Wir fahren direkt zum nächsten!"

Salomon lacht und gibt dem Chauffeur ein Zeichen zum Weiterfahren.

Es ist vollbracht. Die totale Überwachung in Europa ist nun auf legale Weise möglich. Wir brauchen nun nicht mehr die Organe der Vereinigten Staaten um die Europäer auszuspionieren.

Das Zauberwort – **Nachrichtendienstgesetz.**

Das Hauptquartier - **Europäischer Nachrichtendienstbund.**

Auszug:

Art. 35   Allgemeine Bestimmungen

1   Der ENDB kann Informationen über Vorgänge in Europa verdeckt beschaffen.

2   Beschafft der ENDB in Europa Informationen über Vorgänge außerhalb der Grenzen, so ist er an die Bestimmungen des 4. Abschnittes gebunden; vorbehalten bleibt Artikel 36 Absatz 2.

3   Er dokumentiert die Beschaffung von Informationen über Vorgänge außerhalb von Europa zuhanden der Aufsichts- und Kontrollorgane.

4   Er kann Daten aus außerhalb von Europa, die mit genehmigungspflichtigen Beschaffungsmassnahmen vergleichbar sind, ge-

sondert abspeichern, wenn der Umfang der Daten, die Geheimhaltung oder die Sicherheit dies erfordert.

5 Der ENDB sorgt dafür, dass die Risiken bei der Beschaffung in keinem Missverhältnis zum erwarteten Informationsgewinn stehen und die Eingriffe in die Grundrechte betroffener Personen auf das Notwendige beschränkt bleiben.

6 Der NDB sorgt für den Schutz seiner im Ausland eingesetzten Mitarbeiterinnen und Mitarbeiter.

Im Grunde genommen dürfen wir nun alles und jeden ausspionieren, ob in Europa oder außerhalb. Salomon hat mich schon beauftragt schwarze Schafe im neuen europäischen Nachrichtendienstbund einzuschleusen. Auf Knopfdruck können wir nun Druckmaterial zu einzelnen Personen ansammeln und Industriespionage im ganz großen Stil starten.

KAPITEL 25 SALOMON SURESH GOLDSTEIN

"Die Lizenz für die Diamantenmine in Gabon wurde genehmigt, Tanzania und Zambia stehen noch aus.", spricht Jake zu Salomon.

Sie sitzen auf den Zayman Islands, in der Chefetage eines Bürokomplexes in dem dutzende Glückspiel und sonstige lukrative Dienstleister ihre Etagen angemietet haben. Salomon selbst hat auch eine kleine aber feine Glücksspielfirma, gegründet aus reiner Neugier über die Statistiken.

"Sehr gut. Du weißt ja wie der Hase läuft: Soldaten und Ausrüstung diesmal nicht aus Europa. Ich habe da noch einen Gut bei Amon Lew, ein paar Kisten und Männer kann er für die zwei Jahre bestimmt auftreiben.", Salomon nippt an seinem Glas.

"Notiert. Salomon, bist du Sonntag zuhause?"

Salomon bejaht.

"Rinah hatte meine Frau angerufen, sie wollen die Kinder nächsten Monat wieder auf die Yacht mitnehmen. Das gibt uns Zeit, noch einmal alles in deinem Anwesen mit dem Rat zu klären. Gib der Familie das Ok, ich lade dann alle ein."

"Alles klar, ich habe einige Sachen in den letzten Monaten notiert, was die anderen bestimmt interessieren wird, wir haben ja seit dem letzten Mal nicht mehr kommuniziert.", sagt Salomon.

Die beiden klären noch Einzelheiten über die Diamantminen ab und Jake begibt sich nach dem Gespräch wieder in den Flieger zurück in die Vereinigten Staaten.

Es ist Dienstag. Salomon hat noch einiges in der Woche zu tun, unter anderem trifft er sich mit einem russischen Menschen- und Organhändler. Einige holländische Kunden hatten sich bei den letzten Lieferungen beschwert und Salomon muss nun wieder alles richten. Er ist der Finanzier beider Seiten. Diese Szene wird meist benutzt, um hohe Persönlichkeiten zu verlocken. Nach ein paar Besuchen oder Einkäufen sind sie leichter erpressbar. Einzelne Persönlichkeiten in Deutschland und Frankreich sind seit den Achtzigern in dem Netzwerk aktiv. Die Benelux Staaten zum Beispiel sind komplett in ihrer Kuppel gefangen, dort verbirgt sich auch der Ursprung des Übels. Etwa siebzig Prozent der Beamten und Unternehmer stehen auf der Kundenliste des Russen. Fjodor Bolschakow, der Mann der aus Russland sämtliche *Unternehmen* beliefert. Salomon hat ihm seine Kaution vor ein paar Jahrzehnten bezahlt, da ihm die komplexe Struktur in seinem breit geflochten Netzwerk gefallen hat. In über dreißig Anklagepunkten für schuldig erklärt und nach ein paar Millionen Dollar wieder auf freien Füßen. Ob Soviet oder modernes Russland, Fjodor ist da.

Der gute Herr ist Mitte Siebzig, korpulent mit Halbglatze und trägt immer eine Schiebermütze. Es gab mal ein Treffen mit einem Kunden, den Fjodor überhaupt nicht ausstehen konnte. Bei dem Treffen hat der Kunde ihn einfach nur mit einem guten Morgen begrüßt. Fjodor prügelte minutenlang auf ihn ein bis er letztendlich mit einem Gnadenschuss das Leben von dem armseligen Pädophilen beendete und anschließend fragte "Ist der Morgen nun immer noch gut?"

Salomon und Fjodor treffen sich in Moskau in Fjodors Anwesen. Dieses ist komplett ummauert und umzäunt, Fjodors Kopf ist schon eine Weile ein Augenmerk unter den anderen Verbrechergruppen. Anschläge auf ihn waren bis jetzt immer fehlgeschlagen, dennoch versuchen sie es immer wieder. Bei Salomons Ankunft wird er von zwei Männern so groß wie Berge empfangen.

"Boldwright. Fjodor weiß Bescheid."

Das Tor öffnet sich und Salomon lässt sich bis vor die Eingangstür fahre. Die Tür, größer als das Eingangstor, öffnet sich und Fjodor kommt heraus. Mit Schiebermütze und Zigarre im Mund geht er zu Salomon und begrüßt ihn mit einer Umarmung.

"Ahh, alter Mann! Schön dich wieder zu sehen, komm! Im Garten wartet Essen!"

Die beiden begeben sich in den Garten. Dort angekommen erwarten mehrere hübsche Damen schon
die beiden. Der Tisch ist üppig bestückt mit russischen Köstlichkeiten, der Fischgeruch strömt durch
den ganzen Garten. Die Frauen stellen sich hinter
die Herren und massieren sie.

"Weg mit deinen Dreckspfoten!", schreit Salomon.

Fjodor macht ein Handzeichen und die Frauen
hinter Salomon begeben sich um den Tisch in Richtung Haus. Er wiederum lässt sich massieren, "Alter Mann, keine Chance mehr unten?", und fängt an
zu lachen.

"Ich habe nicht den ganzen Tag Zeit, präsentier'
mir deine Ware und anschließend kümmern wir
uns um den Holländer."

Fjodor, wieder mit einem Handzeichen, bittet
seiner Servicekraft die Ware zu holen. Einige Minuten vergehen und dann kommen sie in einer Reihe,
zwanzig Frauen und Mädchen, viele nicht jünger
als 18 Jahre. Ihre Hände gefesselt, ihre Augen verbunden und die Münde zugeklebt.

"Hmm…", denkt sich Salomon.

Fjodor steht auf und geht zu den Frauen und
Mädchen.

"Die hier, lecker!", er klatscht einer auf den
Hintern, "Die hier, super!", auch sie bekommt einen
Klaps.

Salomon begutachtet alles haargenau und nach der Beobachtung fängt er an:

"Fjodor, wo sind die kleinen? Ein paar Kunden haben sich beschwert und du hast schon wieder für nichts Gutes gesorgt? Wer ist die jüngste hier? Ich sehe nur zwei Afrikanerinnen, Joe wollte aber drei. Ich sehe hier nur eine Asiatin und auf der Liste stehen vier. Erklärung bitte."

Fjodor schaut zu Salomon rüber, macht wieder ein Handzeichen und keine paar Sekunden später kommen weitere zehn Mädchen, dieses Mal alle weit unter dem legalen Alter.

Salomon nickt und gibt Fjodor die Hand.

"Warum das Schauspiel?"

Fjodor lacht, "Es sind die kleinen Dinge im Leben, alter Mann. Wen möchtest du probieren?"

"Heute nicht, ich habe noch Termine und wir müssen Joe jetzt gleich beliefern, er wartet hier in Moskau. Der Rest kann versendet werden, du weißt ja welche zu mir kommen."

Mehrere Männer packen die Frauen und Mädchen in verschiedene Vans und verlassen das Grundstück. Der Kunde aus Holland, Joe Reicher, Parlamentarier, wartet in einem Restaurant zur Begutachtung der Ware.

Salomon und Fjodor fahren gemeinsam zum Restaurant, im Auto unterhalten sie sich über zukünftige Geschäftserweiterungen. Das Auto fährt

225

vor und beide begeben sich in das Restaurant. Joe sitzt an einem Tisch und isst etwas, hinter ihm sein Bodyguard mit verschränkten Armen. Als er die beiden ankommen sieht, steht er auf und begrüßt sie.

"George! Endlich bekommt man dich auch mal wieder zu Gesicht, wie geht's? Fjodor, auch schön dich zu sehen!"

Die Begrüßungsrunde dauert eine Weile. Anschließend wird übers Geschäft geredet.

"Dieses mal alles korrekt?", fragt Joe.

Salomon antwortet für Fjodor, "Alles korrekt und wie gewünscht. Das nächste Mal lässt du deinen Killertrupp erst mal in der Tasche und schießt nicht einfach Fjodors Männer platt, sonst bekommst du es mit mir zu tun. Ich weiß ja nicht was in dich gefahren ist, ein Monat ohne dein Huren solltest du doch aushalten oder?"

Fjodor fängt an zu lachen, "Alter Mann hat Recht, nächstes Mal wir töten dich, deine ganze Familie und alle nahen Verwandten damit keine Wurzel mehr vom Namen Joe Moe Reicher Weicher übrig bleibt."

Der Bodyguard fängt an seine Fäuste zusammenzupressen, aber Joe sagt ihm das alles gut ist.

"Ich verstehe eure Wut, aber Ihr müsst auch mich verstehen, ich blättere eine ganze Menge Geld hin, dann möchte ich auch das alles stimmt und

226

vollständig ist und du Fjodor? Spuck hier keine großen Töne, ich kennen auch noch andere Lieferanten die mindestens gleichwertige Qualität liefern können."

Fjodor schaut abwechselnd zu Salomon und zu Joe rüber.

"Glatzkopf, was glaubst du wer du bist? Denkst du dein Idiot von Prototyp hinter dir kann dir helfen, wenn ich dich mit deiner Gabel niedersteche?"

Der Bodyguard fängt an laut zu atmen, man spürt regelrecht, wie sein Blut anfängt zu kochen.

Salomon versucht den Bodyguard zu beruhigen, "Ich würde zwei- oder dreimal überlegen was du vorhast, Fjodor sieht nicht so aus aber er teilt dich in zwei, wenn es darauf ankommt. Also, verschränk wieder deine jämmerlichen Anabolika Arme und bleib ruhig."

Joe sieht die Sache locker, Verhandlungen mit Fjodor waren schon immer etwas schwer und Zuspitzungen traten recht häufig ein. Der Bodyguard flüstert Joe etwas ins Ohr, woraufhin Joe sein Kopf schüttelt.

Fjodor steht auf, "Du Sohn eines Esels, was hast du da eben geflüstert?"

Der Bodyguard geht auf Fjodor zu und versucht ihn mit einem ausgeholten Hieb zu treffen. Fjodor weicht aus, holt blitzartig ein Messer aus einer kleinen Tasche am Gürtel und schlitzt, während der Hieb noch angeflogen kommt, dem Bodyguard die Kehle auf. Der Riese fällt erst auf die Knie und anschließend auf den Boden. Verzweifelt versucht er die Blutung mit seinen Händen zu stoppen, aber natürlich schafft er es nicht und stirbt an Ort und Stelle.

Joe steht auf und fängt an herumzuschreien. Salomon, immer noch sitzend, beruhigt ihn.

"Joe, alles gut, setz dich wieder hin und lass uns das ganze hier so langsam beenden, ich habe noch andere Sachen zu tun."

Alle setzen sich wieder an den Tisch und Fjodor putzt währenddessen sein Messer mit der Serviette von Joe. Sie beenden die Diskussion und einigen sich auf weitere Lieferungen und Waffenruhe. Ein erfolgreiches Gespräch für alle Parteien, Joe geht noch mit nach draußen, um sich die Ware anzuschauen und fährt dann mit dem Van weg.

Fjodor und Salomon verabschieden sich.

"Alter Mann, war schön dich zu sehen. Ich hoffe wir sehen nochmal in nächster Zeit, dann aber bringst du mehr Zeit mit und wir genießen ein paar Frauen, ok?"

"Auch schön dich zu sehen und ja, beim nächsten Mal gerne."

Salomon steigt in sein Auto und fährt in Richtung Flughafen, Fjodor lässt sich von einem seiner Männer abholen.

Im Auto ruft er Jake an.

"Jake, wie geht es dir?"

"Alles gut Salomon, danke der Nachfrage und wie geht es dir?"

"Auch gut, danke. Hatte eben das Gespräch mit Joe, der Goyimssohn einer Hure. Ich hasse ihn. Fjodor hat seinem Bodyguard die Kehle aufgeschlitzt, der Typ ist einfach nur durchgeknallt, aber ich mag ihn, sehr entgegenkommend."

Jake fängt an zu lachen, "Das ist schön zu hören, ich mag den ebenfalls überhaupt nicht diesen eingebildeten Idiot. Das Kindermisshandeln hat seine Psyche völlig demoliert."

"Jake, wegen Sonntag. Ich fahre mit, wie sieht es mit dir aus?"

"Sehr gerne Salomon, dann können wir uns auch mal eine Pause nach dem ganzen Scheiß gönnen."

Beide unterhalten sich die Fahrt über bis zum Flughafen und verplanen die einwöchige Reise mit der Familie auf der Yacht.

16.08.2015

Er hat es getan. Er hat es tatsächlich getan. Die russischen Erdgas- und Ölfirmen werden nun stückchenweise aufgekauft. Groß geflochtene Ankäufe von Anteilen werden in nächster Zeit gestartet. Internationale Investments wurden seit 2000 verboten, der amtierende Präsident erlaubte keinem mehr sich in Russland einzukaufen und schickte alle ausländischen Investoren in die Sahara. Was sie dann auch alle machten. Siehe Irak, Libyen und Syrien. Demokratischer Wandel. Salomon und ich lachen noch heute darüber, der Witz des neuen Jahrhunderts. Der alte Witz war Kennedy, aber das ist eine andere Geschichte. Apropos, wir haben Aufnahmen über die Ermordung aus einem Blickwinkel welche die Öffentlichkeit, Geheimdienste oder sonstige Interessenten noch nie gesehen haben. Schauen wir uns auch alle paar Jahre immer wieder gerne mal an.

Nun. Bald ist es soweit, genug Zeit ist vergangen. Die Beziehungen zwischen Russland und Europa wurden wieder einmal gespalten. Sanktionierung und internationale Missachtung des russischen Präsidenten halfen uns zu dem nächsten großen Schritt. Salomon hat mir seine Notizen für das nächste Rat der 10 Treffen zugeschoben. Sehr interessant. Der Plan könnte aufgehen, höchste Vorsicht ist dennoch geboten. Die Notizen beinhalten jegliche Namen und Anschriften von den 15 reichsten Russen. Salomon ging sogar so weit und hat nicht nur die Verwandten ersten Grades herausgefunden, sondern auch Freunde und Bekannte von den einzelnen Personen stehen auf der Liste. Sein Plan ist es als Schatteninvestor in all die Firmen zu investieren, bis irgendwann prozentual die Grenze von privat zu staatlich erreicht wird. Schatteninvestoren stehen dann letztendlich alleine da und die reichen Russen können sich mit ihren Milliarden ins Exil begeben, denn wenn es los geht, dann wird der russische Präsident keine Woche später einschreiten. Wer wird Schatteninvestor? Auf seiner Liste befinden sich auch drei ausgewählte Personen, welche in Russland leben. Diese wiederum müssten sich verpflichten zu Schweigen, angemessene Drohmaßnahmen selbstverständlich inklusive. Woher kommt das ganze Geld? Nun ja, die drei Glücklichen treten Glücklicherweise das Erbe von Multimilliardären an. Drei Personen kaufen sich binnen einer Woche zufälligerweise in die Energiebranche ein und das mit monströsen Summen. Die russischen Behörden und Geheimdienste werden sich die Köpfe zerbrechen über das was folgt. Über diesen Plan werden nur 28 Personen informiert sein. Sollte also was schief gehen, dann bekommen wir sehr schnell heraus wer das Haus zum Bröckeln oder zum Einsturz brachte.

Geht der Plan gut aus, dann könnte man sich den Krieg gegen Russland sparen und Hauptziel in Eurasien wäre nur noch Europa und Russland daran zu hindern wieder

*gesunde Beziehungen zu pflegen. Politisch gesehen.
Wirtschaftlich wissen wir ganz genau das sich einige
Unternehmer nicht an die indoktrinierten Sanktionen
halten, das ist aber halb so schlimm. Einige mediale An-
sprachen reichen meist um diese etwas abzudämpfen. Bei
manchen reichte auch ein lockerer Drohbrief mit schönen
Inhalten wie z.B. CD's oder Bilder von herrlichen Aktivitäten der feinen Herren.
Ich bin zutiefst gespannt auf die folgenden Wochen.*

KAPITEL 26 LEID

"Das hier habe ich gemalt, als ich traurig war, Ephraim hatte mich mal wieder nicht beachtet, Mutter war zu sehr mit ihren ach so geliebten Rosen beschäftigt und Vater ist sowieso nie Zuhause.", Sara präsentiert Margalith ein Ölgemälde, ihre Zeichnungen wurden mit der Zeit immer farbiger.

Es zeigt ein Silhouette, um ihr herum mehrere Menschen, in Farbe gezeichnet, die auf ihr einschreien. Margalith lächelt und bewegt sich vor Freuden hin und her. Sie kann nun auch wieder halbwegs ihre Arme bewegen, ihre Hände sind aber zu verkrampft um sie kontrollierbar einzusetzen.

"Warte kurz Margi! Ich hole eins, das wird dir noch mehr gefallen!", Sara flitzt zu ihrem Zimmer, greift unter ihrem Bett nach einer Tüte, und zieht ein großes ein mal ein Meter Bild heraus.

"Schau mal!", sie hält das Bild vor sich, am Bett von Margalith.

Ihr scheint es tatsächlich zu gefallen, denn es kommen freudige Lachgeräusche von ihr. Es ist ein Bild von einer Familie, vier Söhne, Mutter und Vater. Alle stehen sie vor einer Scheune, im Hintergrund sind mehrere Tiere zu sehen, sehr detailliert gezeichnet. Kühe, Schweine und der Haushund, ein

Dalmatiner. Der Hund steht auf seinen zwei Hinterpfoten, einer der Söhne umarmt ihn wie ein Kumpel.

Sara hat, für ihr Alter, eine außerordentliche Gabe. Ihre Gemälde haben einen sehr professionellen Touch. Die Farben harmonieren perfekt, die Stimmungen sind passend wiedergegeben.

"Margi? Darf ich dich was fragen?", Margalith nickt.

"Sollte ich hier irgendwann mal ausziehen, kommst du dann mit mir?", fragt Sara in voller Hoffnung wieder ein Nicken zu bekommen. Margalith nickt.

"Oh Margi! Ich werde mein ganzes Leben für dich sorgen, das verspreche ich dir!", sie geht zu ihr hin und umarmt sie.

"Ach hier sind ja die zwei Tussen.", Ephraim kommt herein.

"Was macht ihr hier wieder? Zeigst du ihr wieder deine Zeichnungen? Denkst du nicht, ihr wird das langsam langweilig?"

"Nein Bruder! Sie mag es wenn ich ihr meine Zeichnungen zeige!", erwidert sie stur.

Das Gesicht von Margalith verzieht sich, ihr ist die Anwesenheit Ephraims unangenehm.

"Red' dir das nur weiterhin ein, aber dieses Mädchen wird nie wieder sprechen können, sie weiß es und du weißt es auch!", lacht Ephraim und geht zu ihr ans Bett.

Margalith macht hastige Bewegungen, um zu verdeutlichen, dass Ephraim gehen soll.

"Bitte lass uns in Ruhe Bruder, wir wollen nur ein wenig Zeit verbringen!", Sara versucht Ephraim ein wenig wegzudrücken, doch sie scheitert.

Ephraim schubst sie beiseite und geht zu Margalith, die augenscheinlich immer aufgeregter wird.

"Armes Mädchen, lass mich dich mal hochheben!", Ephraim, warum auch immer, versucht mit seiner ganzen Kraft Margalith hochzuheben.

Sie wehrt sich mit starten Bewegungen, sodass Ephraim hinfällt.

"Wow, sie ist stark!", lacht Ephraim, während er sich wieder aufrappelt und einen erneuten Versuch wagt.

"Hör auf damit Bruder, was hast du mit ihr vor?", schreit Sara und in der gleichen Sekunde kommt Mutter Rinah in das Zimmer.

"Sofort aufhören Ephraim! Du kommst jetzt sofort mit! Ab ins Wohnzimmer mit dir!", schreit Mutter Rinah.

Sie weiß es zu schätzen das Sara sich so gut um Margalith sorgt, denn sie ist ihre Lieblingsnichte. Ephraim, voller Wut, stampft aus dem Raum und geht in Richtung Wohnzimmer.

"Diese Frau macht mich noch wahnsinnig!", murmelt er vor sich hin.

Sara richtet Margalith wieder ordentlich hin, beide sind froh, dass Ephraim sie endlich nicht mehr stört.

"Es tut mir leid das Ephraim immer so wild ist, ich versteh ihn einfach nicht mehr. Ich meine, er war schon immer etwas anders, aber seit seiner Bar Mitzwa ist er noch schräger als sonst.", Sara streichelt Margalith und sie entschließt sich nun ein Bild von ihr zu malen.

"Wärst du damit einverstanden?", fragt sie.

Margalith nickt, wieder fröhlich.

Mutter Rinah geht ins Wohnzimmer, wo Ephraim schon auf der Couch wartet.

"Bist du eigentlich von allen sieben Geistern verlassen?", sie geht zu ihm hin klatscht ihn, "Was sollte das vorhin? Soll ich das deinem Vater erzählen? Was denkst du wohl, was er mit dir macht, wenn er das herausfindet?", sie klatscht ihn abermals.

"Es tut mir leid, Mutter.", sagt er vor sich hin, damit Rinah endlich ruhig ist.

"Es tut dir also leid? Du bleibst heute den ganzen Tag in deinem Zimmer und das nach was du heute gemacht hast. Sollte das noch einmal vorkommen, dann sei versichert, dass ich Vater davon

236

erzähle!", schreit Rinah und schmeißt ihn aus der Couch.

"Nun verschwinde!"

Mutter Rinah setzt sich auf die Couch.

"Ich frage mich, ob Mahalia und Liron sich auch so entwickelt hätten.", sie fängt an zu weinen.

KAPITEL 27 DIE ZUFLUCHT

"Schatz, deine Jacke!", ruft Martha Whitehaupt ihrem Mann zu.

Bill ignoriert sie und geht zur Tür raus, in seiner Hand – eine halbe Flasche Scotch. Er steigt in sein Auto, kippt sich zwei tiefe Schlucke rein und fährt zu seiner Hauptzentrale. Auf dem Weg macht er bei der Tankstelle halt und kauft sich zwei weitere Flaschen Whiskey. Im Auto angekommen kippt er den restlichen Inhalt der Scotch Flasche in sich.

Die Sache mit Isaak hat ihn komplett eingenommen. Der knallharte Oberkommandant, seelisch zerstört. Auf der Trauerfeier von Isaak hatte er keine einzige Träne verflossen. In seinem Bad bei sich zuhause, weinte er in Strömen. Die Familie Nussberg wohnt nun ein paar Kilometer von Bill entfernt, sie kommt nach dem Tod etwas besser klar. Die Familie Whitehaupt unterstützt sie bei allem was angeht, ob Familienfahrten oder Einladungen, für Ablenkung ist gesorgt.

Bill fährt wöchentlich zur Tochter von Isaak, er kann es nicht sehen, wenn sie leidet. Er überhäuft sie mit Geschenken, mehrere tausend Dollar gehen pro Woche drauf. Salomon hat ihn aber reichlich belohnt für den Auftrag. Bill könnte noch Jahrzehnte wöchentlich tausende Dollar ausgeben und es würde immer noch reichen um sich einige Häuser zu kaufen.

Salomon kannte haargenau die Beziehung von Isaak zu Bill, daher auch die üppige Bezahlung.

"Chef!", ruft ein Mitarbeiter der Zentrale.

"Wir haben einige Bewegungen von ISIL beobachtet, sie starten heute Nacht mit sehr hoher Wahrscheinlichkeit einen Angriff auf Rosul, Irak. Unsere Streitkräfte sind vor Ort. Regionale Kräfte haben sich ebenfalls zusammengeschlossen, um gegen sie zu kämpfen. Unsere Koalitionspartner Frankreich und England haben ihre Jets schon gestartet, sie kommen in den nächsten Stunden am Kontrollpunkt vor Rosul an. Wir warten auf ihre Befehle."

Bill nickt und begibt sich in sein Büro. Darin angekommen setzt er sich auf seinen Stuhl und beginnt mit der allmorgendlichen Routine. Ein Glas gefüllt mit einem dreifachen Whiskey. Dieses wird in einem Schuss herunter gesoffen. Bill wusste ganz genau was ISIL heute starten wird, Amon Lew hat seine Kontakte springen lassen und den Auftrag angeordnet. Alles ist eigentlich schon geplant. ISIL wird bombardiert, sie flüchten nach Syrien und von dort aus wird Plan B eventuell ausgeführt. Die direkte Konfrontation mit Russland, denn die sind seit Anfang des Jahres im Kampf gegen die von der CIA finanzierten ISIL Puppen.

Bill starrt auf ein Bild, worauf Bill und Isaak Arm in Arm stehen.

"Ich werde dich töten.", denkt er sich.

"Chef!", es klopft an der Tür.

"Herein!", ruft Bill.

Der Mitarbeiter legt eine Akte auf Bills Tisch und verschwindet wieder. Darauf steht das übliche -TOP SECRET-.

Er öffnet die Akte und durchforstet die Seiten. Langweilige Gebietsansprüche, markierte Orte von Ölquellen und eventuelle ISIL Lager.

Das ist natürlich alles ein Witz für Bill. Er verfügt über weitaus mehr Informationen als vom Militärstab ausgeht. Die Clique spielt ein symmetrisches Verwirrspiel mit der Menschheit und nur wenige bemerken es.

Er schiebt die Akte in eine Schublade und schenkt sich einen weiteren Drink ein. Dieser wird im nu geschluckt. Anschließend geht er herüber zum Kontrollraum und auf dem Weg dorthin wird er schon wieder von dem Mitarbeiter überrannt.

"Chef! Die ISIL Trupp-…"

"Halt deine verfluchte Fresse und lass mich in Frieden!", schreit Bill ihn an.

Der Mitarbeiter senkt seinen Kopf, lässt einen Seufzer ab und geht weiter.

"Was war das denn?", fragt Bill.

"Was denn?"

"Sofort in mein Büro!"

Im Kontrollraum angekommen gibt er den restlichen Mitarbeitern Bescheid das er noch eine Weile brauch und geht wieder zurück in sein Büro. Dort angekommen setzt er sich hin und starrt dem armen jungen Burschen so tief in die Augen, dass er wieder seinen Blick senkt.

"Schau mich an.", sagt Bill, seine Augen blutrot vom Alkohol. Bill schaut ihn ein paar minutenlang in die Augen und immer wenn der Mitarbeiter versucht seinem Blick zu entweichen, lässt Bill ein lautes Atmen von sich.

"Steve. Was macht deine Frau eigentlich so?", fragt Bill ihn, seine Augen werden immer kleiner. So alkoholisiert wie heute war er schon länger nicht mehr.

"Ihr geht es gut, warum die Frage?"
"Wenn du möchtest, dass es ihr weiterhin gut geht, dann lässt du das Geseufze in meiner Gegenwart, kleiner Junge. Nun raus mit dir."

Steve geht raus und Bill schenkt sich schon wieder ein Glas ein, randvoll dieses Mal. Nach dem Glas begibt er sich in den Kontrollraum, wo schon die anderen Mitarbeiter warten. Unter ihnen ist auch Conrad.

"Conni!", Bill stolpert fast über einen Tisch, geht zu Conrad rüber und umarmt ihn.

"Bill, du stinkst schon wieder nach Alkohol!"

Bill lässt Conrad nicht los und umarmt ihn ein paar Sekunden.

Bill ist ein gutes Stück größer als Conrad und auch ein gutes Stück breiter gebaut.

"Lasst uns starten!", ruft Bill in den Raum und setzt sich an die Bildschirme der Drohnenaufnahmen.

Er setzt seine Kopfhörer auf und spricht einige Befehle aus.

"Trident 3, nach Osten aufbrechen – Kirkurk. Trident 4 und 5, Stadtmitte sichern. Langsam vorgehen Jungs. Thor Alpha und Thor 13 startet die Helikopter, Überwachungsflüge über Rosul, flankieren ist angesagt. Conni, wie sieht es auf dem Flugzugträger aus? Over."

"Die Männer steigen ein, 15 Flieger starten in 10 Minuten. Over."

"Ezechiel 7 vorrücken vom Norden aus, lasst die Panzer warm werden. Bei Kontakt, sofortiger Beschuss. Ich wiederhole – Bei Kontakt, sofortiger Beschuss! Bitte um Antwort bei Ankunft aller Parteien. Over!"

Conrad geht zu Bill rüber, klopft ihm auf die Schulter und fragt, wie es ihm seit Isaak geht.

"Alles gut Conni, ich bin drüber weg."

"Du weißt, du kannst auf mich zählen wenn du Probleme hast."

Das Telefon klingelt.

"Whitehaupt."

"Crevice hier. Truppen abziehen! Fehlalarm!", schreit ein Mitglied des Senats.

"Unmöglich, Truppen wurden schon mobilisiert, kein Zurück zu diesem Zeitpunkt möglich."

Bill legt auf, begibt sich sofort an die Monitore und setzt seine Kopfhörer auf.

"Trident 3, in Kirkurk die Artillerieangriffe starten. Trident 4 und 5, vorrücken. Thor Alpha und Thor 13, auf alles schießen was sich bewegt! Conni! Alle Jets so schnell wie möglich starten! Ezechiel 7, Dauerbeschuss ist angesagt! Ich möchte nichts mehr von der elenden Stadt sehen wenn ich gleich auf die Bildschirme schaue! Over!"

Conrad steht auf und geht rüber zu Bill.

"Bist du dir gerade bewusst, was du da machst?"

"Wir haben einen Auftrag, den führe ich aus, da schert es mich nicht, was irgendein Dreckssenator zu erzählen hat. Ich trage hier die Verantwortung für alles."

In den kommenden Stunden wird die Stadt Rosul von allen Seiten beschossen. Bodeneinheiten stürmen so gut wie alle Häuser und zerren die Menschen auf die Straßen. Die Jets fliegen im fünf Minuten Intervall über die Stadt und lassen die Bomben fallen. Die Panzer rollen in die Stadt und zerbomben willkürlich Gebäude. Am nächsten

Morgen ist aus der kulturell schönen Stadt eine komplette Ruine geworden.

Bill ist vor den Monitoren vom Gesaufe eingeschlafen.

KAPITEL 28 DER KÖNIGSMA-CHER

"Es ist mir eine Freude Sie endlich kennenzulernen Sir Bethuel Adelson.", begrüßt Jake den Herrn, den man in gewissen Kreisen den Königsmacher nennt.

"Die Freude ist ganz meinerseits Herr Rosenbaum. Es freut mich, dass wir dieses Treffen endlich nutzen können um uns dem großen Problem zu widmen. Schon lange ist er mir ein Dorn im Auge, ja, regelrecht eine Gefahr."

Jake und Bethuel sitzen in einem riesigen Zimmer des Schlosses Greenwitch. Dieses Schloss wurde von der Familie Adelson im siebzehnten Jahrhundert erbaut und gilt bis heute zu eins der größten seiner Sorte.

"Ich habe Bill kontaktiert, er sollte jede Minute hier auftauchen.", sagt Jake während er ungeduldig und augenscheinlich aufgeregt sein Glas Wasser in der Hand hält.

"Herr Rosenbaum, Sie brauchen sich keine Sorgen zu machen, nach dem kommenden Ereignis wird es nichts mehr zu fürchten geben, das verspreche ich Ihnen.", Bethuel knabbert gelassen an seinem Keks.

Bethuel Adelson ist 88 Jahre alt, klein und pummelig. Zum Gehen benötigt er einen Gehstock, mit kleinen tätschelnden Schritten braucht er meist mehrere Minuten von einem Zimmer zum anderen. Ein Mitarbeiter des Schlosses führt Bill zu dem Palastähnlichen Raum. Bill begibt sich zu den zwei Herren und begrüßt sie.

"Nein, Sir Adelson, bleiben Sie ruhig sitzen.", spricht Bill, während er zu erkennen gibt das Bethuel zur Begrüßung nicht aufzustehen brauch.

"Meine Herren, ich wünschte, dieses Treffen heute müsste nicht Stattfinden aber Sie wissen beide genau, dass dieser Weg unausweichlich ist.", Bill betont das Wort unausweichlich und schließt dabei seine Augen.

Jake, immer noch völlig aufgeregt vor den folgenden Worten des Sir Adelson, versucht mit überspitzter Gelassenheit das Treffen als gerechtfertigt darzustellen.

"Wir sind an einem Zeitpunkt angelangt, in dem der einzige Ausweg eine Umstrukturierung ist. Ich bedanke mich mit meinem Leben bei Ihnen Sir Adelson. Unsere Briefe haben mir unter Beweis gestellt, dass Sie völlig recht mit Ihren Argumenten liegen. Auch bedanke ich mich bei Ihnen für die Position, die Sie mir zuteilen werden."

Bethuel Adelson, mit einem schiefen Lächeln im Gesicht, steht langsam auf und hält sich mit beiden Händen an seinem Gehstock fest.

"So läuft das nicht, Herr Rosenbaum. Sie müssen mich schon darum bitten.", lächelt er und wartet sehenswürdig auf Jakes kommende Aktion.

Jake steht auf, kniet sich vor Adelson hin, blickt auf ihn herauf und spricht:

"Sir Bethuel Adelson, einziger Königsmacher in der westlichen Hemisphäre, ehrenwertes Mitglied des heiligen Rates und Besitzer all unserer Güter. Ich bitte Sie mit allem Respekt darum, mich zum nächsten Anführer der Auserwählten des Rats der zehn zu erkiesen. Mein Leben werde ich nur dem Plan der Weisen widmen. Habe ich dafür Ihren Segen, Sir Adelson?"

Bethuel Adelson beugt sich runter zu Jake und legt eine Hand auf seinen Kopf.

"Jake Rosenbaum, nachfolgend genannt Jake Suresh Rosenbaum, wird den Platz als Anführer der Auserwählten annehmen. Werden Sie dem Plan folgen, törichte Vorgehen vermeiden und mit Ihrem Leben schwören, das Sie mit Ihren bald folgenden gegebenen Werkzeugen die Welt zu den Gunsten des Auserwählten formen?"

"Ja, ich schwöre."

"Jake Suresh Rosenbaum, die Mitglieder bekommen noch heute eine Nachricht über ihr neues Oberhaupt. Eine Einweihungsfeier findet Zeitnah statt. Bill, Sie als nun neuer Sicherheitsberater von Herr Rosenbaum wissen was zu tun ist?"

"Ja, Sir Adelson, ich werde mich umgehend darum kümmern."

Bethuel Adelson setzt sich wieder in den Sessel.

"Rthut. Tarmin. Crativ."

03.09.2015

Jake Surech Rosenbaum. Ich habe meine Gedanken nicht mehr unter Kontrolle aber ich weiß, dass dies der einzige Weg aus dieser Situation ist. Ich liebe euch, Nirelle und Veniamin.

KAPITEL 29 JIMMY

Salomon befindet sich, mit roten Shorts und gelbem Hemd, in Detroit. Der Kauf eines Kinos ist angesagt.

"Was ist das hier?", fragt er, während er auf eine scheinbar normale Tür zeigt.

"Sir, was meinen Sie?", der Makler ist verwirrt.

"Das hier!", er zeigt auf die Türklinke, "Schmutz! Zudem sieht diese Klinke sehr benutzt aus. Ich möchte das Sie alle Klinken in diesem Gebäude erneuern."

"Das Kino steht schon seit einer Weile leer, es kann gut möglich sein das es stellenweise auch danach aussieht. Zudem kommt hinzu, das Sie schon selbst für die Renovierungen sorgen müssten, das ist Ihnen schon bewusst, Sir?", fragt der Makler vorsichtig, erwartungsvoll das Salomon dem zustimmt.

"Unglaublich!", Salomon reibt wie verrückt an der Türklinke, "Schauen Sie sich diesem Schmutz an! Er will einfach nicht weggehen!", nach etwa fünfzehn Sekunden hört er auf.

"So, viel besser. Selbst für die Renovierungen sorgen?", lacht er, "Sehe ich aus wie ein Rockefeller?"

Der Makler, lächelnd, "Um ehrlich zu sein, ja."

Salomon wird wütend, "Was soll das heißen?", Salomon geht zur einem Fenster, schaut sich an, geht mit den Händen über sein Gesicht und versucht zu leugnen was der Makler eben sagte.

"Ich sehe aus für höchstens vierzehn!", Salomon fängt an zu lachen und stolziert durch die anderen Räume um auch diese zu kontrollieren.

Das Kino gefällt ihm, er beschließt sich das Gebäude zu kaufen. Nach dem Handschlag geht er hinaus und lässt sich von seinem Chauffeur zu einem Einkaufszentrum zu fahren.

"Ben, mach die Musik aus!", ruft er. Die Musik stoppt und Salomon sitzt mit verschlossenen Armen auf der Rückbank.

"Was meinte der Makler eben?", er ist, von seinen Gedanken gepeinigt, am grübeln. Nach einer kurzen Weile verabschiedet er sich von den verwirrten Gedanken und freut sich auf seinen Einkaufsbummel.

"Ich werde ihm das beste Geschenk der Welt kaufen!", mit Ihm, ist Jake gemeint. "Ich sollte ihn anrufen."

Freizeichen.

"Jake! Mein bester Freund, wie geht es dir? Wo bist du? Ich komme gerade von einem Kino, welches ich gekauft habe. Wir sollten unbedingt einen Film zusammen gucken, wenn die Renovierungen abgeschlossen sind, es ist dort ziemlich dreckig. Du hättest die Türklinken sehen müssen, ekelhaft!"

"Das hört sich gut an Salomon."

Einen kurzen Moment, schreckt Salomon zusammen, "Hat er mich gerade Salomon genannt?", denkt er sich. "Weiß er überhaupt wer ihn gerade anruft?"

"Bist du noch dran?", fragt Jake während Salomon immer noch perplex in Gedanken herumschwirrt.

"Ehm, ja! Ich werde dich bald wieder zurückrufen, ich muss nun was erledigen, bis dann Jakey!", Salomon legt auf und grübelt weiter nach. Als der Wagen anhielt, vergisst er prompt alle wirren Gedanken und steigt aus.

"Ben, ich komme gleich wieder, du wartest hier okay?", der Chauffeur nickt.

In dem riesigen Einkaufsladen angekommen schaut sich Salomon ein wenig um und entschließt sich ein Stück Kuchen zu kaufen. Er schaut sich an der Theke um, die Kassiererin fragt:

"Guten Tag junger Mann, wie kann ich Ihnen helfen?"

Salomon, erfreut von der Aussage, welche die Rockefeller Bemerkung von dem Makler vorhin wieder gutmacht, zeigt auf eine Kirschtorte.

"Die da!", Salomon leckt sich die Lippen ab.

"Setzen Sie sich ruhig schon mal hin, darf es sonst noch was sein? Zu unseren Kuchen bekommen Sie Kaffee zum halben Preis."

"Kaffee! Bah! Nein. Haben Sie Limonade?"

Die Kassiererin freut sich über den Elan von Salomon, trotz seines Alters, "Sehr gerne!"

Salomon geht zu den Tischen und setzt sich neben einen Jungen, der alleine einen Kuchen genießt.

"Hey!", begrüßt er den Jungen.

Der Junge, leicht erschrocken, steht auf und setzt sich an einen anderen Tisch.

"Was ist denn mit dem Los?", fragt sich Salomon und schaut ihn verärgert an. Seine bösen Blicke schießen auf den Jungen ein, die erst, nachdem der Kuchen von der Kassiererin gebracht wurde, gestoppt werden.

"Bitte sehr junger Mann!", Kuchen und Limonade werden auf den Tisch gestellt.

"Vielen Dank!", Salomon steckt sich eine Serviette in sein Hemd und genießt Stückchen für Stückchen. Sein Gesicht sieht nach dem Kuchen aus, als hätte er sich in Matsch herumgewühlt. Er beendet seinen Genuss mit dem ganzen Glas Limonade.

"Ahh!", er muss kurz aufstoßen, "Das war lecker!"

Er bleibt noch eine Weile, mit einem verschmierten Gesicht und angesteckter Serviette im Hemd, sitzen, und fühlt sich leicht unwohl.

"Ich glaube, das war zu viel", denkt er sich und legt seinen Kopf auf den Tisch, "nach einem Nickerchen sollte es wieder gehen.

Als Salomon nach gut zwanzig Minuten immer noch mit dem Kopf auf dem Tisch vor sich hindöselt, kommt die Kassiererin und möchte sichergehen, ob es ihm gut geht. Salomon schreckt auf, als er die Hand auf seinem Rücken spürt.

"Ja! Jetzt ist alles wieder gut! Ich möchte nun bitte zahlen!", er ist zwar noch etwas blass im Gesicht, fühlt sich aber besser.

"Sehr gerne junger Mann. Das macht dann genau 7 Dollar, bitte."
Er holt sein Portemonnaie aus seiner Shorts und reicht der Dame eine Kreditkarte hin.

"Ich heiße eigentlich nicht George, das ist die Karte von meinem Papa, aber ich darf damit Sachen kaufen, das hat er mir gesagt!", verteidigt sich Salomon, obwohl die Kassiererin keinen fragwürdigen Ausdruck macht.

"Ihr Papa lebt noch? Das ist aber sehr erfreulich!", die Kassiererin zieht die Karte durch ihr Gerät und verabschiedet sich dankend für den Besuch.

Salomon geht aus dem Laden aus, schaut sich um, und beschließt sich nun ein Geschenk für Jake zu kaufen.

"Das beste Geschenk der Welt!", spricht er laut vor sich hin, während er durch das Einkaufszentrum schlendert und nach einem passenden Laden Ausschau hält. Er beobachtet wie zwei Jungs anschreien, einer von Ihnen, der größere, schubst den kleineren Jungen hin und her. Salomon schreitet zur Hilfe.

"Hey, du!", schreit er, "Lass den Jungen in Ruhe, leg dich mit einem in deiner Größe an, wenn du dich traust!"

Salomon steht vor dem Jungen und verzieht böse das Gesicht.

"Geh weg Opa!", spricht der Junge.

Salomon, wieder gefangen in seinen Gedanken, versucht die Situation zu deeskalieren. Nach einer Weile haben sich die zwei Jungs vertragen und Salomon geht weiter.

"Opa?", spricht er in Gedanken aber verdrängt diese schnell wieder mit der Argumentation, "Nur weil ich zwei Jahre älter bin als er, Ha!"

Er findet einen Laden, der ein passendes Geschenk für Jake haben könnte. Ein Uhrenladen. Nach etwa fünf Minuten findet er eine passende Uhr und bittet die Verkäuferin ihm diese aus der Vitrine holen.

"Entschuldigung? Diese Uhr da! Die möchte ich kaufen!"

Die Verkäuferin folgt der Anweisung und begibt sich in einen Hinterraum. Als sie wieder herauskommt, präsentiert sie ihm die Uhr und erklärt einige Merkmale darüber.

"Eine gute Wahl.", sagt sie und fragt, ob er sie direkt anziehen möchte oder es eingepackt werden soll.

"Das soll ein Geschenk werden, könnten Sie auch eine passende Karte dazu anfertigen?", die Verkäuferin nickt und fragt, was drauf stehen soll.

"Für meinen besten Freund Jake Rosenbaum. Beste Grüße, Jimmy Stahl."

KAPITEL 30 INIMICUS

"Wir müssen uns heute treffen Salomon", Jake und Salomon telefonieren, "es gibt Neuerungen im Fall Laban."

"Alles klar. Ich bin gerade auf dem Weg zur Bilanzbesprechung, treff' mich heute Abend gegen zwanzig Uhr im Restaurant Royal."

Jake, mit seiner neuen Uhr am Armgelenk, sitzt in seinem Anwesen, im Büro.

"Schatz?", spricht die Stimme von Jakes Frau Nirelle, "Was ist los? Rede mit mir. Du bist schon seit Wochen völlig außer dir und sitzt, wenn du schon Zuhause bist, nur noch in deinem Büro herum. Stimmt etwas nicht?"

Jake, mit einem traurig lächelnden Blick, versichert der Frau das alles okay ist.

"Nein Schatz, nichts ist okay. Dein leerer Blick verrät dich und ich möchte wissen was mit dir los ist.", Nirelle geht zu ihrem Mann und umarmt ihm von hinten, während er in seinem Stuhl sitzt.

"Schatz. In guten, wie in schlechten Zeiten. Lass mich dir helfen. Ist es wegen der Arbeit?", fragt sie voller Hoffnung auf eine Antwort.

"Geliebte, ich werde bald alles erklären, nun muss ich aber los. Mein Flieger startet bald, mach dir bitte keine Sorgen um mich. Ich habe nur Bange

um einige neue Banken die ich in das System einge-
fleischt habe, nichts weiter."

Nirelle, wissend das Jake sich wieder nur her-
ausredet, küsst ihn auf den Kopf und verlässt den
Raum. Sie bleibt an der Tür stehen, schaut zu ihm
rüber, und spricht:

"Ich liebe dich und werde dich immer lieben,
ich vertraue auf deine Worte und hoffe, dass es dir
bald wieder besser geht.", Jake schickt ihr einen
Kuss über den Raum.

Er begräbt sich weiter in seiner Gedankenwelt
und macht sich dann langsam auf den Weg nach
draußen, wo schon sein Chauffeur wartet. Am
Flughafen angekommen erwartet ihn wie immer
der Flieger.

Vor dem Restaurant angekommen sieht Jake
schon die schwarze viertürige Limousine von Salomon. Er verfällt in einen kurzen Rausch, fängt an
zu schwitzen, seine Hände werden taub und sein
Atem wird lauter. Nachdem er sich wieder beruhigt hat, steigt er aus, richtet seine Krawatte und
geht zielgerecht in das Restaurant.

An einem Tisch in der hintersten Ecke sitzt
Salomon, in seinem schwarzen Anzug, und schreibt
in diversen Unterlagen herum.

"Guten Abend Salo.", begrüßt Jake ihn.

Salomon steht auf und gibt Jake die Hand.

"Guten Abend, schön dich zu sehen. Du siehst blass aus, wir sollten was essen.", Salomon winkt die Kellnerin herbei und bestellt sich eine Suppe, während Jake sich eine Forelle gönnt.

"Salo? Du siehst aber auch nicht besser aus, stimmt etwas nicht?"
Salomon schaut zu Jake, in seinen Augen ist Verwirrung erkennbar.

"Es stimmt tatsächlich etwas nicht. Jake, ich habe seit geraumer Zeit fehlende Erinnerungen und Tage die einfach verstreichen. Gestern zum Beispiel stand ich plötzlich in Detroit vor einem Museum. Ich habe absolut keine Ahnung wie ich dort hingekommen bin. Versteh mich nicht falsch Jake, ich bin vollkommen bei Bewusstsein, aber diese Zeitsprünge verstehe ich nicht. Es liegt wohl an den Medikamenten, welche ich abgesetzt habe, Jistach bestätigte das."

Jake weiß ganz genau was mit Salomon los ist, aber bringt es nicht übers Herz es ihm persönlich zu sagen.

Beide unterhalten sich eine Zeit lang und plaudern über die kommende Reise mit der Familie, Jake ist durchgehend in Gedanken, aber reißt sich einigermaßen zusammen.

"So Jake. Laban. Was gibt's neues?", fragt Salomon, während er noch Brotstücke in die restliche Suppe tunkt.

Jake fängt an zu husten. Er klopft sich auf die Brust und hustet noch weitere paar Male.

"Alles gut Jake?", fragt Salomon und möchte gerade aufstehen, um ihm zu helfen.

"Alles okay Salo, danke. Der Fisch kam mir wohl nicht gut.", er wischt sich seinen Mund ab.

Bill Whitehaupt geht auf den Tisch der beiden zu, er zückt eine Pistole und richtet Sie auf Salomon.

"Es tut mir Leid, mein Freund.", spricht Jake, während sein Mund zittert und seine Augen anfangen glasig zu werden.

Salomon, völlig gelassen, isst ein Stück eingetunktes Brot, klopft sich die Hände von den Krümeln ab und spricht drauf los:

"Ich war gut zu dir Jake", er trinkt ein Schluck von seinem Glas Wein, "ich habe dich zu dem gemacht was du heute bist."

Zwei weitere Männer kommen angelaufen und überwältigen Bill, es sind Fjodors Männer. Sie nehmen ihm die Pistole aus der Hand und richten sie gegen ihn während er auf dem Boden liegt.

"Und du Bill? Du bist ein nichtsnutziger Säufer, dein Platz wird ein anderer Idiot übernehmen.", Salomon begibt sich in dem Restaurant in die Mitte und beruhigt Menschen.

"Ladies und Gentlemen ich bitte Sie alle nun das Restaurant zu verlassen, ich hoffe ihnen keine Umstände gemacht zu haben. Vielen Dank."

Die Mitarbeiter des Restaurants halten sich bedeckt, da *George Boldwright* der Inhaber ist und Sie wahrscheinlich Ihre Stelle verlieren, wenn sie etwas sagen.

Salomon setzt sich wieder an den Tisch. Jake, völlig außer sich und in Schweiß gebadet, hält sich an seinem Stuhl fest, weiß es gibt kein Weg vorbei an den zwei riesigen Typen. Einer von Ihnen hält Bill immer noch am Boden gefangen.

"Fesselt ihn und setzt ihn mit an den Tisch.", befiehlt Salomon.

"So. Jake, wo sind deine Manieren? Möchtest du deinem Freund Bill nicht etwas zu trinken anbieten?", lacht Salomon hysterisch, "Spaß beiseite. Wie konntest du es nur wagen.", beginnt er seine nun folgende Ansage, "Seit Jahrzehnten habe ich mich um dich gesorgt, dich auf Feiern eingeladen, dir Geschenke gemacht, die unermessliche Kontrolle über Staaten überreicht und nun sitzen wir hier. Du und dein jämmerlicher Plan. Du widerst mich an."

Jake, hin und her wippend, findet keine Worte um die Situation zu erklären, es ist offensichtlich was er vorhatte und nun geht wahrscheinlich alles den Bach runter.

"Und du Bill? Hat der Alkohol dein Hirn dermaßen zerfetzt, das du dich nun gegen mich stellst? Dich werde ich nicht umbringen, nein ich werde dich ausliefern, noch heute. Deine Familie wird sehen, was für ein perverses Schwein du bist. Ich habe Aufnahmen von vielen deiner Exzesse mit den minderjährigen Mädchen. Deine Anwesenheit ekelt mich an, die Medien werden dich in der Luft zerreißen, deine Familie wird dich verachten, dein Kind dich hassen. Im Knast wirst du vergewaltigt und stirbst dort als jämmerlicher Versager, der du halt auch bist. Ein jämmerlicher Versager. Bill, der große General, ein Versager und Kinderschänder. Ich sehe die Nachrichten schon vor mir.", fängt Salomon an zu lachen.

Seine Ansage geht noch über mehrere Minuten während er seinen Fokus zwischen Bill und Jake hin und her schwenkt.

"Letzte Worte, Jake?"

Jake schaut Salomon tief in die Augen, seine Verbitterung ist ihm anzusehen.

"Woher wusstest du von all dem?"

"Jake Suresh Rosenbaum. Ich habe überall meine Augen. Bethuel? Wird wahrscheinlich in diesem Moment abgeschlachtet. Dima, ruf mal deine Jungs an und frag wie es läuft."

"Salomon, bevor ich sterbe lass mich dir eins sagen. Jistach belügt dich, er weiß ganz genau was diese Zeitsprünge auf sich haben. Er erzählte mir…"

"Tötet ihn!", ruft Salomon und einer der Männer drückt ab. Ein lauter Knall und danach, ruhe.

Salomon, komplett in Blut eingedeckt, wischt sich sein Gesicht ab und spricht zu Bill.

"Es gibt Stämme in Afrika in denen man die Leichen der verstorbenen Familienmitglieder aufisst. Da Jake ja dein Vater ist, so wie du dich verhältst und ihm gehorsam jeden Wunsch erfüllst wie ein Kleinkind, denke ich, es ist angemessen ihn nun zu verzehren.", spricht Salomon mit blutverschmiertem Gesicht.

"Mr. Goldstein, Bethuel Adelson ist tot.", spricht Dima, der Bodyguard. Salomon nickt und steht auf.

"Wenn dieser Idiot hier nicht langsam anfängt seinen ach so geliebten Scheinvater zu essen, dann raste ich aus, zwingt ihn!", Salomon begibt sich zu den Toiletten, um sich zu säubern.

Dort angekommen wäscht er sich sein Gesicht ab, legt seinen Sakko ab, und betrachtet sich im Spiegel. Draußen hört er das Geschrei von den Bodyguards und Bill, er wird gerade zu dieser Gräueltat, die Salomon befohlen hat, gezwungen.

In Gedanken spricht er:

"Äußerlich alt, innerlich jung. Ein Dilemma."

KAPITEL 31 DAVID

"Eilmeldung. Bill Whitehaupt, Oberkommandeur der NATO Streitkräfte, wurde heute Vormittag verhaftet. Ihm werden diverse Vorwürfe vorgelegt, unter anderem sadistischer Kindesmissbrauch im besonders schweren Falle mit anschließenden Ermordungen, Morde an mehreren Personen und Meineid in einem vor Jahren als geschlossen gedachter Prozess wegen Kriegstreiberei. Dem Polizeidirektor liegen direkte Beweise vor, wir schalten nun zu Harward Klein: *Es ist einfach nur unglaublich. Der Familienvater und ehrenhaftes Mitglied verschiedenster wohltätigen Organisationen, dazu noch Oberkommandeur der größten Streitmacht der Welt hat jahrelang ein Schattenleben geführt. Es ist so surreal, so unfassbar und widerlich, sodass dieser Mensch bis zum Ende seiner Tage hinter Gittern verbringen wird. Nach den ersten paar Minuten der Aufnahmen mussten wir sie stoppen, es wird eine richtige Qual all das Material zu durchforsten, doch das ist unser Job und die Beweise liegen uns vor.* Wir schalten zurück ins Studio."

"Schaut! Schaut, was dieser elende Penner getan hat! Wir sind nicht mehr sicher verdammt! Wisst ihr noch was? Jake, verdammt nochmal, Jake hat er auch getötet! Dieses Schwein wird uns alle umbringen, wenn wir ihn nicht vorher erledigen!", spricht Laban Green vor gesammelter Mannschaft des Rats der 10, oder besser gesagt 9, im Schloss Grün.

"Wie sollen wir das anstellen? Dieser Typ ist uns immer hundert Schritte voraus. Selbst Jakes heimlicher Besuch bei Bethuel hat er mitbekommen, wie geht sowas?", fragt Ethan Bissfinger in die Runde.

"Wahrscheinlich wieder irgendein Dienstmädchen oder sonstiger Mitarbeiter welcher Salomon mit Informationen beliefert. Wir müssen nun aufpassen was wir tun. Wir können zu hundert Prozent sicher sein, dass er jeden einzelnen von uns im Visier hat.", antwortet Hennoch Liebmann.

"Gentlemen, ich habe einen Plan.", Mosel Baummann steht auf.

Plötzlich geht die große Tür zum Konferenzzimmer auf.

"Meine Herren!", Salomon kommt herein. "Wie geht es dir Henni? Ach Amon auch hier? Wunderbar, wunderbar! Ethan du alter Hund!", Salomon klatscht Ethan auf den Rücken und setzt sich an den Kopf des Tisches.

"So, was steht heute auf dem Plan? Ich nehme an, mein Tod?", lacht Salomon und schlägt mit der Faust dabei immer wieder auf den Tisch.

"Wie sagte Napoleon einmal? *Krieg ist leichter angefangen als beendet*. Dem stimmen denk ich mal alle hier zu, außer Ehud und Laban vielleicht, denn sie wollen ja das die Kriege nie aufhören!", lacht Salomon weiter.

"Ich sag euch nun wie das ganze hier abläuft, die Stunde der Wahrheit hat geschlagen. Draußen stehen ein dutzend bewaffnete Männer die eure sogenannten Bodyguards schon ausgeschaltet haben. Auf mein Signal, folgt ein Arsenal. Wer möchte lebend hier raus?", fragt Salomon lächelnd in die Runde.

Alle schweigen.

"Keiner? Das macht mir das ganze Spiel hier natürlich leichter, ich hätte ernsthaft erwartet das wenigstens du, mein Bruder, Einwände gegen mich hättest.", spricht er zu Shlom.

"Was ist bloß in dich gefahren Salomon. Ich erkenne dich nicht wieder. Es schmerzt mich zutiefst dich so zu sehen. Deine Augenringe werden immer deutlicher, dein Mund verzieht sich immer weiter nach unten. Dir geht es nicht gut, du brauchst Hilfe.", antwortet Shlom und versucht die Situation kontrolliert herunterzufahren.

Salomon schließt die Augen, atmet tief ein und aus, und öffnet sie dann wieder. Er sitzt da mit einem schiefen Lächeln im Gesicht. Ruhe im Raum.

266

Keiner sagt etwas und jeder schaut verwirrt um sich, Salomon, mit leerem Blick sagt auch nichts mehr. Als wäre er in eine Art Starre gefallen.

"Salo?", Shlom versucht Salomon zuzureden, aber nichts bewegt sich.

Ein schiefes Lächeln, ein leerer Blick, nicht gemachte Haare, grüne Shorts und ein gelbes Hemd. "L'hitraot!", springt er plötzlich auf und begibt sich in die Ecke des Raumes, kichernd.

Zehn ausgebildete Spezialkräfte stürmen den Raum und schießen präzise Schüsse auf die Mitglieder. Ein Feuerwerk, ein Kugelhagel. Dann tritt die Ruhe ein. Man hört vereinzelt Stöhngeräusche und kriechende Menschen. Der Raum ist mit Blut umhüllt. Jimmy bittet die Spezialeinheit aus dem Raum. Er schaut sich um, geht durch den Raum und lacht.

"Ein Spektakel!", ruft er, "Fast so schön wie bei Jake, nur noch schöner!"

Salomon kehrt wieder zurück.

"Ach du meine Güte...", er fragt sich, ob das alles ein Alptraum oder tatsächlich Realität ist. Er geht zu Shlom, seinem Bruder, und kniet sich neben ihm.

"Bruder...", Salomon fängt an zu weinen, "Bruder! Was ist nur passiert!"

Salomons Mimik ändert sich abrupt, er steht auf und verlässt den Raum.

Er steigt in seine Limousine und ruft zuhause an.

"Rinah."

"Ja Schatz? Geht es dir gut?"

"Rinah, ich bin es, David. Salomon hat etwas ganz böses gemacht, ich habe ihn versucht abzuhalten, aber…"

"Schatz? Was redest du da? Was ist passiert?"

"Warum nennst du mich Schatz? Wie auch immer, ich soll dir von Salomon ausrichten, dass alles gut wird und für euch gesorgt wird. Ephraim und Sara werden zu wunderbaren Kindern heranwachsen, da ist er sich sicher."

"Hör auf damit Schatz!"

Ehe sie sich versah, legt Salomon, oder nun David, auf.

Nach all den Jahren des Verdrängens, nach all den Jahren des Vergessens, war das Koma der Auslöser für schon längst fällige Verarbeitungen diverser unterdrückter Gefühle. Salomon leidet nach dem Koma an multipler Persönlichkeitsstörung und seine andere Hälfte, David, hat ihn übernommen. David ist Folge des langjährigen Missbrauchs an Salomon, seine inneren Gefühle hatte er sich nie gestellt. Bis zu dem Punkt, als das Koma ihn zerteilte und alles Verdrängte wieder hinausgrub.

"Kinder!", ruft Rinah durch das Anwesen, sie zittert und hat Tränen in den Augen, "Kinder, kommt sofort her, mit Vater stimmt etwas nicht!"

Sara kommt aus dem Garten angelaufen, als sie Mutter Rinah schreien hört.

"Mutter? Was ist los? Was hast du eben gesagt?"

"Vater! Er… er hat mich eben angerufen, aber hat sich vollkommen verändert angehört!", Rinah weint und nimmt Sara in den Arm, auch sie fängt von dem Anblick der Mutter an zu weinen.

"Warum Mutter? Inwiefern verändert?"

"Ich kann es dir nicht erklären, Schatz. Es schien, als wäre er nicht er selbst, er sprach anders, seine Tonlage war nicht die seiner. Er nannte sich David, als würde er seinen Bruder imitieren.", stottert Rinah.

"Anders? David?", Sara ist verwirrt und weint, "Was hat er denn gesagt?"

"Schatz!", weint sie, "Er sagte euch wird es gut gehen, es hörte sich so an als würde er sich umbringen wollen!", Sara fängt zu schreien an.

"Papa!", sie eskaliert in einer Mischung aus Weinen und Schreien, "Warum sollte Papa sich umbringen wollen?"

Ephraim, völlig durcheinander von dem Anblick der weinenden Mutter und Schwester, fragt was denn los sei.

Rinah wiederholt die traurige Nachricht, während sie die weinende Sara, welche auf dem Boden liegt, in ihren Armen hält.

Ephraim verzieht keine Miene. Er beschuldigt die Mutter sich das ganze auszudenken, ein Verdrängungsversuch.

"Es stimmt! Er möchte sich umbringen!", schreit Rinah.

Ephraims Blick wird leer. Er sieht die weinende Familie, aber fühlt nichts.

"Guten Abend meine Herren und herzlich willkommen zum heutigen Treffen, die *Agenda 2050* wird heute weiter ausgebaut, ich freue mich sehr auf die neuen Erkenntnisse, wir beginnen mit der Eingliederung der Südstaaten...", spricht Ephraim Suresh Goldstein vor dem Rat der 10.